§§

Ei armoa

Tyynenmeren viikinki

Barnaby Allen

Suomennos
Hannele Allen

"Roh<eus on eräänlainen pelastus"
Plato, Tasavalta

Kustantaja BoD

§§

Alkuteos:

Barnaby Allen

Pacific Viking (1. osa)

Amazon 2018

Kansi: Allen

Kustantaja: BoD · Books on Demand,

Mannerheimintie 12 B, 00100 Helsinki, bod@bod.fi

Kirjapaino: Libri Plureos GmbH, Friedensallee 273,

22763 Hampuri, Saksa

ISBN: **978-952-80-9505-7**

SISÄLTÖ

1. SANTELIPUUSAARI, FIJI, 1813

Historia lohduttaa meitä, arjen vankeja, kertomuksilla suurista miehistä ja heidän elämänsä kulusta, tavallisuudesta loistavaan kuuluisuuteen. Jotkut merkittävät ihmiset ovat kohtaloltaan määrättyjä liukumaan, sukeltamaan, mutta sitten taas kohoamaan maailman muistoihin. Ehkä ikuisesti muistettuna, he edustavat ponnistusta, rohkeutta ja neroutta. Jotkut heistä muuttuvat jumaliksi. Jos heidän uransa on ollut pahan palvontaa, muistamme kauhut, hyläten tekijät pakkomielteisesti, mutta harvoin myöntäen, että he kiehtovat meitä. Paheksunta peittää fetissin. Aika saattaa idolisoida jopa nämä inhottavat elämät. Toiset kuitenkin saavuttavat jonkinlaisen suuruuden mutta jäävät ilman kuuluisuutta; historia on katsonut toisaalle, kärsimättömänä heidän merkityksettömyyteensä, heidän legendan jatkuvuuden puutteensa vuoksi. Heidän tekonsa unohtuvat sukupolvessa; nimi unohtuu. Pieniä pelureita: ei jumalia täällä. Heidän e ämänsä on ollut epätasaista; ei kateuden arvoista nousua, huolimatta heidän kunnianhimostaan. Rohkeus, tai pikemminkin uhkarchkeus, jotkut sanovat, leimaa heidän elämäänsä. He tarttuvat maineen reunan laitaan, vain luisuakseen unohduksiin – silti he jättävät jäljen. On hyvä kertoa tällaisesta ja kuvata yksi, joka kuvitteli ja riskeerasi kaiken; joka vapautti itsensä voittaakseen etäisen kaikkivaltiuden ja maksoi hinnan häpeällä.

****

Na Vokai katselee ja odottaa; ja odottaa, koko iltapäivän läpimärkänä, räpäyttämättä mutta väristen, kun lämpimät sacemyrskyt lähettävät lasimaisia luoteja raivokkaasti Tyynenmeren riutoilta, räjähtäen hänen yläpuolellaan ja alapuolellaan, missä osuessaan muodostavat punertavia jälkiä nyt hänen katseensa täyttävässä verisessä sekasorrossa. Hiostavan, malakiittisen verhon takana hän istuu, ylimielisenä, liikuttumattomana yläpuolelta tulevasta pommituksesta tai hänen alapuolellaan olevasta kauheudesta. Sadepisarat, eivät merkityksettömiä kuten pohjoisten maiden, joita hän ei ole koskaan tuntenut, hakkaavat valtavia lehtiä ja repivät hänen nahkaansa, yrittäen hänen tuhoaan. Na Vokai voi kuitenkin odottaa, ja odottaa, rauhallisena, tietäen että tämä sade ja verinen karnevaali hänen alapuolellaan muuttuvat auringonlaskuun mennessä toiseksi päiväksi. Hän tuntee sen hyvin. Tämä on elämän tapa.

Hänen ympärillään pommitus hakkaa viidakkoa. Puut, köynnökset ja matelevat olennot värisevät lämpimän, rummuttavan sateen alla; papukaijat ovat näissä tilanteissa hiljaa. Myrsky ja alapuolella oleva huuto hukuttavat joka tapauksessa alleen kaikki muut äänet. Vanha Iguaani istuu liikkumatta, koristeellisessa vihreässä linnakkeessaan, kestäen piirityksen. Luonto ja luonnoton törmäävät hänen ympärillään, mutta hän, nyt salaperäinen, jättimäisten katosten ja vahvojen runkojen suojaamana, näkymättömänä mutta kaiken näkevänä, on arvostettu tällä saarella. Lumoutuneena, sulautuneena puun kuoreen, jota hän laiskasti ratsastaa, Na Vokai nauttii kaikesta tästä, pitäen sitä omana luomuksenaan. Eikä syyttä. Hänen puunsa tunnetaan ja sitä pelätään. Uhreja tuodaan. Loisteliaiden mustien sotureiden ja heidän orjiensa polvet taipuvat ja ojennettujen vartaloiden kumartuneista päistä esitetään pyyntöjä. Hänelle! Näin ollen kaikki, mikä liikkuu tässä valtakunnassa, on tiedossa ja ainoastaan armollisen jumalan, Na Vokain, määräämää.

Na Vokain puun takana on ranta ja meren jumalat laguunissa, joka myrskyn pakottamana muuttuu myrskyäväksi, harmaanvihreäksi laavaksi, josta nousee savua, rankkasateen iskiessä aaltoihin, sen roiskeiden kipinöidessä kallioihin. Savun läpi saattaa nähdä purjeita, ehkä veneen, vaikka se onkin nyt epävarmaa.

Myrsky puhaltaa sisämaahan yli muinaisen kylän, joka sijaitsee ruohotasangolla, jyrkät kalliot takanaan. Hämärässä valossa saattaa nähdä mökkejä, joissa on karkeat olkikatot, joita nyt piiskataan kuten viidakkoa niiden ympärillä. Siellä on korkea totemitalo, ja sammuneista tulista nousee höyryä. Lähes alastomat naiset ja lapset seisovat huolettomina ja katselevat kaikkea. Jotkut pojat leikkivät sateessa, alasti kuten siskonsa, pyörien mudassa, he juhlivat kuten vain lapset voivat, taivaan heille lahjoittamaa juhlaa. Äkkiä taivas välähtää heidän yläpuolellaan, ja kauhea ukkonen hiljentää muut äänet ja lapset kiljuvat riemusta ja juoksevat takaisin äitiensä luo, ekstaasissa siitä pelon tunteesta, joka valtaa lapsenmielen. Kuviteltujen vaarojen väistyttyä lapset ryntäävät jälleen leikkiin!

Yhä useampia poikia ja nuorukaisia näyttää juoksevan kohti tasankoa. Pois kylästä ja kohti harmaata merta. Vasemmalla, on korkea kivinen mäki, karu kallionkieleke, jota on lähes mahdotonta kiivetä, mutta silti siellä on miehiä huipulla. Valkoisia miehiä. Alapuolella tasangolla tuhannet soturit ja heidän päällikkönsä, uhkaavine lihaksineen, leveine nenineen ja korkeiksi kohotetuine hiuksineen, mahtavat miehet, kuhisevat ympäriinsä, heidän hiuksensa ravistavat vettä pois kuin helmiä, jotka heidän tuhannet jalkansa tallaavat mutaan. Joillakin on värjätyt hiukset, oranssit ja krepatut, vaikka kukaan ei tiedä miten, jotta ne seisovat pystyssä; pirullisina ja outoina. Luut ja letit koristavat heidän päitään ja mustaläikällisiä vartaloitaan, jokaisella on aseina keihäitä, nuijia ja kirveitä. Myös rautakirveitä. Päät liikkuvat yhteen suuntaan, vyöryen eteenpäin, jättimäinen pilkullinen salamanteri mustaa ja oranssia, sen häntä heiluu ja iskee, suut kuin yhtenä suuna ulvoen ja huutaen. Tämä on peto, jota ajaa voima.

Etäältä katsottuna asiat ovat oikeastaan epäselviä. Ryhmä sotureita joukon etunenässä pitää kiinni ja raahaa valkoista miestä.

Hän on pitkä ja verinen, puolenkymmenen miehen pitelemänä, kun taas soturijoukko huutaa ja pilkkaa, ruumiit painautuvat ruumiita vasten, kilpaillen saadakseen otteen, edes koskettaakseen häntä. Kuuluu tasaista, hidasta taputusta tai jalkojen poljentaa - on vaikea sanoa, kumpi hallitsee. Hänet voi juuri ja juuri erottaa vaaleiden hiustensa ansiosta, kontrastina häntä ympäröivästä huutavasta, kiemurtelevasta mustaoranssista massasta. Hän kohottaa itseään nyt, katsoo taakseen, huutaa jotain, ja kääntyy sitten toiseen suuntaan, katsoo merelle, mutta ei sano mitään, hänen suunsa on auki järkytyksestä, mutta ei pelosta, niin hyvin kuin voi arvioida. Ei, ehkä ei pelosta. Hän ei taistele vastaan ja vaikuttaa uskomattoman hyväksyvältä, kun häntä lyödään mielin määrin: mutta tästä ei voi olla aivan varma. Saattaa olla pelko, joka lannistaa hänet, murskaa hänen vastarintansa. Häntä ympäröivien tiiviiden ruumiiden massa kiemurtelee ja peittää näkyvyyden, jokainen mies, siltä näyttää tämän sadeverhon läpi, yrittää päästä hänen luokseen, pilkatakseen tai palvoakseen, lyödäkseen. On vaikea sanoa.

Lähemmäs siirtyessämme kuulemme sotureiden pilkalliset huudot selvästi: "Cheli. Lako mai, lako mai Cheli!" Hänen partansa on likaisen punertava. Hän on epäsiisti, mutta silti kunnioitusta herättävä, siniset silmät terävinä. Ryhmä on nyt lähempänä kylää. Rumpu, nimeltään lali, lisää meluun. He pysähtyvät pienen vesilähteen viereen, joka toimii kaivona. Valkoinen mies sanoo jotain päälliköstä. Ei nuijia. Ei lyöntejä; luita ei murreta, kuten päällikölle sopii. Miehen pää painetaan alas, hänen kätensä pidetään ojennettuina ja jalat yhdessä ja näin estetään häntä taistelemasta vastaan. Hänen päänsä työnnetään syvälle kaivoon. Kyläläiset katsovat sadeverhon läpi mäeltään. Lapset, sydämettömät, tuijottavat, osoittavat ja nauravat. He seisovat läpimärkinä, nenät vuotavat, sormet suussa, heidän jalkojensa musta iho täynnä lihaisia, märkiviä haavoja. He eivät ole koskaan nähneet valkoista miestä tapettavan. Jotkut tytöistä piilottavat kasvonsa äitinsä syliin. Vanhemmat tytöt haukkovat henkeään, osoittavat ja kikattavat. Mies taistelee ja nousee haukkomaan henkeä. Väki huudahtaa! Naiset ovat tulleet lähemmäs katsomaan, imettäen vauvojaan, välinpitämättöminä mutta viihdyttyneinä.

Yhä pideltynä mies potkii. Nyt hän näyttää olevan muualla. Mitä hän voisi ajatella? Kuolemaansa? Vanhempiaan? Lapsiaan? Omaa lapsuuttaan? Mitä mies ajattelee, kun hän tietää, että hänellä on vain minuutti elinaikaa? Ajatteleeko hän nykyhetkeä vai menneisyyttä? Kuinka hän päätyi tähän, voisi miettiä, kuinka hän joutui tähän tilanteeseen. Tämä barbarismi. Niin kaukana kotoa. Ah, koti! Miksi? Mitkä valinnat johtivat hänet tänne? Mitkä kohtalon pienimmät käänteet, sen hienovaraiset sattumat, toivat hänet tähän? Kuinka hänet vieteltiin näin? Odota. Hän sanoo jotain nyt. Siinä ei ole järkeä! Kuulostaa siltä kuin "mari, mari." Ehkä hän puhuu vaimostaan - tuuli ja kaikki huutaminen... se on niin epäselvää. Ei, ei. Sanoista ei saa selvää. Emme koskaan saa tietää hänen viimeisiä sanojansa, vaikka ihmiset kuulevat ne nyt ja hän on viettänyt koko elämänsä puhuen sanoja. Mutta nämä viimeiset sanat, kaikista tärkeimmät, ehkä koko elämän tuskallinen tiivistys, hukkuvat. Viimeiset sanat, kadotetut. Mutta hän on muualla, sillä hänessä on surua. Muistellun rauhan tunne? Ääniä kaukaa menneisyydestä ehkä? Vain vaikutelma. Ei voi sanoa. Ei ole keinoa tietää.

Myrsky jylisee, taivas välähtää ja hetken sade putoaa hopeisina pisaroina. Verhon läpi mies katsoo lyhyesti teloittajiaan ja kääntyy sitten katsomaan takaisin merelle. Hän keskittyy, silmät loistaen, ikään kuin hän olisi saanut oivalluksen; hän näkee jotain, vain Jumala tietää mitä, ja hänen kasvoillaan välähtää hymy. Häntä pitelevät vangitsijat kuitenkin tarttuvat häneen ja työntävät hänen päänsä jälleen alas kaivoon, jossa häntä pidetään voimakkaasti. Lopulta liike lakkaa. Keho vedetään ylös vedestä, tuntemattomat kädet sitovat hänen kätensä ja jalkansa, ja hänet heitetään töykeästi sivuun. Väki hurraa, kuullaan huutoja "mate", kuollut; väkijoukko vetäytyy ja huutaminen hiljenee. Tämä on hetkellinen tauko juhlassa. On kuin juhlan kunniavieras olisi lähtenyt talosta odottamatta. Myrsky tyyntyy ja sade laantuu. Katsoja voi nähdä ankkuroituneen laivan ääriviivat kaukana siellä, seisomassa elottomana liuskekivenvärisellä merellä.

Ylhäällä korkealla kalliolla miesten hahmot liikkuvat ja joku huutaa tuulen läpi, kädet päätä syvässä kauhussa pidellen; ikään kuin hän taistelisi itseään vastaan ja kamppailisi henkisen tuskan kanssa: "Charlie! Charlie! Ei. Ei! Ei kaiken tämän jälkeen! Voi luoja... Charlie Savage!" Tai niin tarina kertoo.

2. LÄNSI-RUOTSI – 13. 12.1785

Uddevalla on vuonna 1785 merkityksetön sillinpyyntikaupunki Ruotsin länsirannikolla, kuihtumassa, joko kalojen tai ka astajien puutteen vuoksi tai pelkästään omasta välinpitämättömyydestään olla merkityksetön kalastajakaupunki Ruotsin länsirannikolla, en osaa sanoa. Siellä on pääkatu, jonka varrella on kirkko mäen päällä, tori, keskustan läpi virtaava joki ja pitkä, sirppiä muistuttava ranta, joka on peitetty miljoonilla simpukankuorilla muodostaen näin yhden maailman suurimmista simpukkasärkistä. Kaupunkia ympäröivät maatilat, jotka yhdessä kalastuksen ja sataman kanssa tarjoavat elannon osalle sen nyt vähenevästä väestöstä. Ei kovin kaukana Norjasta, Uddevalla on ollut kuin huora kiireisellä viikolla, vaihtuvien herrojensa rakastajatar, välillä ruotsalainen, toisinaan norjalainen. Myös tanskalainen sotavoima on iskenyt kovaa. Sitä on kohdeltu julmasti; riisuttu alasti, poltettu, piesty ja ryöstetty, mereltä ja maalta hyökätty, molemmilla tavoilla herroilleen haavoittuvainen ja alistuva, kaikki heistä välinpitämättömiä ja melko vaativia.

On joulukuinen ilta. Ulkona kirkonmäellä ja pääkadun varrella kaupunkilaiset ovat kokoontuneet ihastelemaan perinteistä kulkuetta. On tietysti aikaisin pimeää, ja kevyttä lunta sataa kaupungin ylle. Osa läsnäolijoista kantaa soihtuja, joten outo valo leikkii illan lumisateessa, muuttaen sen hetkittäin kultaisiksi hiutaleiksi, samalla kun varjot kurkistavat kuin katsojat itse, kummalliset nopealiikkeiset aaveet, jotka innokkaasti tulevat ja menevät, suihkivat ympäriinsä tanssivan soihtuvalon kumppaneina.

Soihtujen savut ja katutulien tuoksut sekoittuvat läheisen leipomon tuoksuihin, päivän viimeiset leivät ja *bollar,* kuumat makeat pullat, tuodaan esiin houkuttelemaan ohikulkijoita. Happamampi, tummempi tuoksu kovista ruisleivistä, jotka on pujotettu koristeellisten reikien läpi hoikkiin tikkuihin, muistuttaa odottavia kotirouvia siitä, että leipää on ostettavana ja tarjottavana sinä iltana. Vieressä apteekkari palvelee kiireisesti päivän viimeisiä asiakkaitaan, kun halvat makeiset tai epäilyttävät rohdot vaihdetaan iloisesti kiistattoman aitoihin killinkeihin ja äyreihin. Sitten on teurastaja, terävänenäinen ja yksi kaupungin varakkaimmista kauppiaista: hän astuu ulos katsomaan, liittyen vähäisempien katukauppiaiden ja kojumyyjien joukkoon harvinaisessa yhteisöllisyyden hetkessä. Monille hänen hintansa ovat liian korkeita ja hänen lihapalansa liian vähärasvaisia, joten heille on tarjolla jouluna joko kalaa tai paastoa. Uddevallassa on laiminlyötyä köyhyyttä. Linnut ja oravat sen sijaan eivät kärsi, vaan kiipeilevät koivujen, tammien ja mäntyjen joukossa tien varrella, varastaen ihmisten yltäkylläisyyden hylättyjä murusia, taistellen keskenään koirien, kerjäläisten ja köyhien lasten huomiotta jättämistä paloista. Pääkatu jouluna on ylellinen markkinapaikka niille, jotka tonkivat.

Uddevallan keskusta-alue on jäinen ja liejuinen mudasta ja lumesta, mutta täynnä höyryäviä jätöksiä, jotka ovat tallautuneet ja muuntuneet karamellimaiseksi tahnaksi, joka tahraa kaikkia kaupunkilaisia. He ovat täysin tietämättömiä saappaidensa, pitkien villakangastakkiensa tai tyylikkäästi leikattujen housujen lahkeiden muuttuvasta väristä. Sekä hyvin pukeutuneet että köyhät kantavat tätä samaa spontaania, mutta epäimartelevaa muotia. Sää, arvokkaat hevoset, kulkurimiehet, koirat ja kaupunginvaltuusto eivät tee eroa tässä luokkaviivojen mukaan. Tätä pääkatua, joka nyt täyttyy katselijoista, pitkin tulee kulkue. Punaisten kynttilänjalkojen kynttilät valaisevat talojen pienet ikkunat, jotka reunustavat pääkatua koko matkan ajan tänä iltana. Ne jäljittelevät huolettomasti taivaallisia serkkujaan ja muistuttavat talouksia ja ohikulkijoita lähestyvästä adventtijuhlasta. Ylhäällä vain muutama kaukainen tähti on näkyvissä taivaan holvissa, mutta niiden valo putoaa nyt kuin lumena, ja ihmiset ovat kiitollisia kauneudesta, jonka Jumala on heille ja heidän hopeiselle kaupungilleen suonut.

Proosallisemmin sanottuna, Uddevallan ylle kohoaa ylväästi suuren kellotornin majesteettinen siluetti. Kukkulalle, Agnebergetille, rakennettuna se hallitsee alapuolella olevaa kaupunkia pelkällä koollaan ja äänellään; kivinen jättiläinen, joka valvoo alla olevia puusta rakennettuja kääpiötaloja. Poikkeuksena on läheinen Sankt Annan kirkko, matalampi, mutta koholla, rauhallinen kivirakennus, joka on suunniteltu ristin muotoon.

Ihmisten joukossa ulkona on vanha mies, pitkä, väsynyt, mutta hymyillen lempeästi huivinsa ja tiukasti kiedotun takkinsa läpi. Häntä ei huomaisi, sillä hän on pukeutunut samaan synkkään ruskeaan ja mustaan kuin suurin osa odottajista, ellei hän olisi niin suoraryhtinen ja heiluttaisi kättään kadun toisella puolella kävelevälle ryhmälle, huutaen tervehdyksen. Hanne heilauttaa kättään takaisin, viehättävä äiti, vaikka ei enää nuori. Hän on lastensa kanssa: Maria, kaksitoista ja suloisen kaunis huivissaan, Sven, vahvan näköinen kymmenvuotias poika, ja nuorempi poika, Kalle, vasta kuusi, joka huutaa: "Hei Pappa!" Hanne kumartaa tervehdykseksi vanhalle miehelle ja ohikulkijoille.

Katu on nyt täynnä kaikenlaisia ihmisiä, juoruilevia ja odottavia. Palvelijoita, talonpoikia, maanviljelijöitä, kulkureita, karskeja sotilaita, jotka ovat palanneet jouluksi, herrasväkeä, miehet ylpeinä kiillotettujen keppiensä kanssa ja naiset turhamaisissa maakunnallisissa hatuissaan. Paikalla on myös kerjäläisiä ja juopuneita, kurjia, jotka ovat jääneet loukkuun öihinsä pakkasmetsissä ja päiviinsä talven synkässä hämärässä ja alkoholin vaikutuksessa, puoliksi elossa, lämmittelemässä taas tulevaa yötä varten. Kaikki liikehtivät hyväntuulisina kylmässä, väristyksistä huolimatta.

Nyt kirkon sisältä näkyy valoa ja kuuluu tyttöjen laulua, "Pyhää Luciaa". Hento kauneus murtaa tuon yön pakkasen, kun sellaisen puhtauden lämpö hengittää elämän valoa Uddevallan ylle. Tytöt ilmestyvät hitaasti, kaikki valkoisissa, kantaen kynttilöitä, ja etummaisena oleva tyttö, pisin ja kaunein, edustaa siunattua pyhimystä, joka vuoden pimeimpään aikaan vei kynttilöitä mukanaan ja jakoi ruokaa ja lahjoja köyhille yöllä. Tytön vyötäröä kiertää punainen puuvillavyö, muistutus Pyhän Lucian verisestä marttyyrikuolemasta roomalaisten käsissä hänen ollessaan vain kaksikymmentä. Hänellä on päässään kruunu, jossa on seitsemän valkoista, sytytettyä kynttilää, asetettuna puolukanlehtien ja nauhojen sekaan, hänen hengityksensä sekoittuu kynttilän liekkeihin ja savuun, usvainen hahmo, joka näyttäytyy näkyinä. Jotkut katsovat ihmetellen, jotkut hymyilevät ja jotkut nyökkäävät. Jotkut himoitsevat.

Tytöt laulavat suloisimmalla kirkkaudella, "Taivaisen hohteen tuo, Lucia valon suo". Lasten silmät kirkastuvat, kun laulajat lähestyvät. Kalle, ilahtuneena ja hämmästyneenä, puristaa äitinsä kättä, katsoen ylös häneen ja takaisin lähestyviin tyttöihin. Hän on nähnyt tämän aiemmin, mutta niin kauan sitten. Kulkue kulkee kadun halki, ja ihmiset nojaavat eteenpäin kuin yksi katsomaan sen kulkua. Kulkueen perällä, hymyillen ja tervehtien kaikkia, on iäkäs, erittäin arvostettu kirkon rehtori, pastori Larsen. Hän on ollut rehtorina täällä kauemmin kuin useimmat muistavat, kirkon itsensä jatkeena.

Kun aikuiset alkavat lähteä takaisin koteihinsa tai kauppoihinsa, tai seuraamaan tyttöjä, he ohittavat lapset ja Kallen, joka seisoo yhä lumoutuneena Lucia-kulkueesta. Hän nykii äitinsä takkia saadakseen huomiota. "Äiti, äiti. *Mor!* Onko hän Maria? Tuo etummainen tyttö? Maria, *mor?* Onko hän Jeesuksen äiti? Miksi hänellä on kynttilöitä?"

Hanne asettaa kätensä poikansa olkapäälle. "Ei Kalle, ei kultaseni. Ei Maria. Hän on Gunilla Bäckström. Hän on kuin Pyhä Lucia, joka muistuttaa meitä siitä, että jopa pimeimpinä aikoina Jumala antaa meille valoa ja toivoa. Lucia kuoli Jumalan valon puolesta. Me muistamme häntä laulamalla joka joulu koko valtakunnassa."

"Äiti, hän on hyvin kaunis. Hän näyttää Marialta; tai enkeliltä. Kuten maalaukset kirkossa. Alttarin lähellä. Muutkin tytöt näyttivät enkeleiltä, äiti? Eikö sinustakin?" Hanne kumartuu vastaamaan pojalleen. "Kyllä, Kalle. Kyllä. He olivat kuin kauniita enkeleitä, jotka ovat tulleet taivaasta ja tähdistä vierailemaan luonamme Uddevallassa. He laulavat niin ihmeellisesti! Jumalan enkelit voivat olla missä tahansa, missä tahansa koko maailmassa."

Kalle kysyisi tuollaista. Hän on utelias; herkkä poika. Hänen äitinsä on hänelle läheinen ja hänen toistuvaa kyselyään äiti rohkaisee kärsivällisesti. Hanne kyykistyy alas rakastavasti, ja katsoo suoraan Kallea silmiin. "Ja erityisesti jouluna, kultaseni. Kun Jeesus tuli maailmaamme pelastamaan meitä. Erityisesti nyt. Eikö niin, Maria? Sven?"

Maria hymyilee ja nyökkää. Sven seuraa edelleen katoavia tyttöjä, jotka ovat nyt kuin seireenejä, heidän laulunsa heikkona, vaimentuneena pimeässä kylmyydessä. Hän nyökkää lopulta, mutta ajatuksissaan seuraa kulkuetta. "Ja enkelit, he valvovat isääsi jopa kaukaisten merien yli. Isä! Hän tulee kotiin jouluksi, ja meillä on vain kymmenen päivää aikaa saada kaikki valmiiksi, joten aloitamme huomenna. Niin paljon tekemistä! Joulu on tulossa ja isä myös. Oh! Rouva Linden." Äiti nousee ja hymyilee tervehdykseksi, pää puoliksi kallellaan.

Ihmisjoukot kulkevat hitaasti valaistujen ikkunoiden ohi kadulla, seuraten kuoroa. Äiti vilkuttaa papalle, ja Sven ja Maria juoksevat muiden lasten joukkoon. Kalle seisoo yksin liikkeessä olevassa väkijoukossa. Pelkäämättä hän pysähtyy katsomaan ympärilleen. Hän vilkuttaa papalle ja lähtee sitten hitaasti liikkeelle, puoliksi laulaen omia sanojaan Pyhä Lucia -lauluun, talloen loskaa saappaillaan. Hän pysähtyy ottamaan vanhan salmiakin takkinsa taskusta: se on täydellinen makeinen, musta, tahmea ja kestävä, samalla suolainen ja makea, mutta nyt myös hieman villainen. Hän pysähtyy mietteliäästi poistamaan karvat, visainen tehtävä, jonka toistuva harjoittelu on hionut taidoksi. Pian tyytyväisesti pureskellen Kalle juoksee katua pitkin toisten perään laulaen omaa versiota Lucia-laulusta. "Isä on tulossa, isä on tulossa. Hyvä isä on tulossa: ja niin on joulu! Isä on tulossa..." Väistellen jäätä ja roiskuttaen loskaa, Kalle juoksee pois näkyvistämme, sinne missä oli kerran auringonlasku, pohjoisen satamakaupungin talviyön hämärään.

****

Nyt päivä on päättynyt, sen hetkelliset jännitykset ovat jo epätäydellisiä muistoja. Pääkatu ja kaikki kadut ovat hiljaisia. Kodit, joissa on omat pienet takat, joissain kynttilät ja lamput palavat hiljaa verhottujen ikkunoiden takana, ovat mukavasti äänettömän lumen syleilyssä. Yö ja hiljaisuus sulautuvat lumeen, peittäen nukkuvan Uddevallan. Ei ole tuulta. Useimmat ihmiset ovat sisällä, vaikka ohikulkija saattaisi katsoa ylös ja nähdä suuria olkipukkeja joissakin puutarhoissa, paholaismaisia olentoja, jotka seisovat jäykkinä mutta rohkeina. Härskiä. Todella outoa, että sellaisia asioita pitäisi olla täällä nyt, sillä olki tuo mieleen onnelliset syksyn kuvat, maanläheiset värit, melun, hien ja tervetulleet sadonkorjuut. Muutamien isompien huviloiden ulkopuolella on valoja, hienoja koteja, jotka sijaitsevat kaukana pitkine ajoteineen ja kiviportteineen. Ne ylpeilevät rikkaudella ja tuhlauksella, vaikuttaakseen näkymättömään yleisöön ylenpalttisilla kynttilöillä, jotka, jos ne jaettaisiin ja annettaisiin, voisivat valaista kymmeniä hökkeleitä sinä yönä.

Pienellä mäellään, joen yläpuolella, kirkkomaa on myös valaistu kynttilöillä, tuoden valoa paikoista pimeimpiin. Joitakin äskettäin edesmenneitä on muistettu näillä harvinaisilla liekeillä, vaikka useimmat kynttilät ovat sammuneet, kuten kerran eloisat rakkaat, joiden muistoa ne edustavat. Hämärät asiat liikkuvat tässä puiden ja hautojen varjostamassa maassa. Tähän aikaan ei ole sieluakaan todistamassa niitä. Kaukana kirkon ja sen kellotornin yläpuolella taivas kirkastuu ja selkenee, niin että Pohjantähti ja kaikki tähdet valaisevat taivasta ikään kuin ristiriidassa ihmisen elämän pimeän draaman kanssa alapuolella.

3. KOHTA ON JOULU!

Kello on noin yhdeksän aamulla. Verkkainen aurinko nousee, velvollisuudentuntoisena, ei muuten, ja haukottelee samean aamun usvan ja savupiippujen savun läpi, kun ihmiset Uddevallassa valmistautuvat jouluaattoon ja seuraavana päivänä alkaviin joulunviettoihin. Svenssoneilla Kalle leikkii ulkona lumessa. Hän on kalpea ja pisamainen, ikäisekseen pitkä ja hoikka, vaikka näyttääkin suuremmalta kuin jotkut, sillä hänellä on yllään useita kerroksia vaatteita ja aivan liian suuri villapipo. Hän pysähtyy, kun kuulee sisäoven avautuvan eteisessä ja näkee äitinsä ilmestyvän ulkokuistille.

"Herranjestas! Äiti, ei nyt. Anna Svenin tehdä se... äiti ..."

"*Hej*, Kalle! Ja älä käytä Herran nimeä turhaan. Se on jumalanpilkkaa! Ole nyt kiltti poika ja vie tämä kirkkoon minun puolestani," äiti heiluttaa nahkapussia ja viittoo luokseen. "Olin eilen poissa, kun diakoni tuli keräämään kirkon rahaa, enkä salli, että sanotaan, että Svenssonit välittävät vain itsestään. Lahjoitus on annettava kirkolle. Nyt Kalle. Mene, ole kiltti, poikani!"

Kalle jättää lumileikkinsä ja ottaa vastahakoisesti pussin. Hän liukuu jäistä polkua pitkin portille, mutta kuulee äitinsä huutavan jälleen ja palaa teeskennellyn turhautuneena.

"Melkein unohdin, poikani. Tässä on pari äyriä vaivannäöstäsi. Apteekista löytyy varmasti vielä jotain mukavaa, kun on joulunaika. Juokse nyt, poika, ja anna rahat suntiolle, Kalle!"

"Kyllä, äiti! Annan sen sitten suntionille. Kuinka kauan on jouluaattoon? Tuleeko isä todella tänne?" Hän ei odota vastauksia. Kalle liukuu taas jäätä pitkin alas, täydellisen tasapainoisesti.

Puutarhaportti on juuttunut lumeen ja poika avaa sen laiskasti mieluummin kuin käyttäisi talon etuseinää vasten nojaavaa lapiota useiden suksiparien vieressä. Hän juuri ja juuri mahtuu pujahtamaan aukosta läpi.

Hänen äitinsä protestoi. "Kalle, älä tee noin, kulta! Revit takkisi. Eikä olisi ensimmäinen kerta... Jouluaatto on, no, noin kahden päivän päästä ... ei! Voi hyvänen aika! Se olisi joulupäivä. Mitä minä sanonkaan? Jouluaatto on huomenna. Niin pian! Ja isäsi tulee seuraavana iltana, jos Jumala suo. Kuinka aika lentää, poikani! Nopeasti, menehän nyt! Minulla on töitä tehtävänä. Ja tarvitsen pian apuasi täällä."

Kalle alkaa juosta, aamun lumi on vielä rapeaa ja narskuu jalkojen alla. Hanne vilkuttaa huolestuneena huutaen hänen peräänsä, "*Hej då* Kalle! Ole varovainen - ihmiset juhlivat! Liikaa olutta ja viinaa heidän omaksi parhaakseen. Liikaa lampaita ja vuohia eikä tarpeeksi paimenia. Varo poika! Joutilaita, joilla ei ole muuta tekemistä kuin juoda olutta koko päivä." Sitten hän mutisee itsekseen, "Pyhä kausi, tosiaan..."

Poika on jo kuulomatkan ulkopuolella, liukuen missä voi ja juuri ja juuri välttäen hitaat ja vanhat, jotka tukkivat hänen tietänsä. Hän pysähtyy Bergiuksen apteekin ulkopuolelle, jonka ikkuna on täynnä purkkeja ja pulloja sekä kummallisen näköisiä lääkepulloja, joita on satoja lisää sisällä. Bergiuksen apteekki on lapsille vanha, ahdas ja hutera puukauppa täynnä makeisia ja karamelleja, jotka edustavat monen lapsellisen toivon huippua tällä puolen paratiisia. Kallella on rahaa käytettävänä. Hänen sisäänkäyntinsä saa ovikellon kilisemään ja lattialaudat narisemaan. Apteekkari ilmestyy takahuoneesta ilmeettömänä. Poika tarkastelee harjaantunein silmin erilaisia karamelleja (joista osa on pyöreitä, toiset kartiomaisia, tikkarin päässä, käärittyinä kuin sateenvarjot) ja salmiakkilakritseja, ei vähemmän makeita, joiden vahvuus, muoto ja suolaisuus määräävät valinnan. Kalle ponnistelee valitakseen, ajasta tietämättömänä. Apteekkari, välinpitämätön, odottaa. Valinta hänen nuoremmille asiakkailleen on yhtä aikaa ilo ja tuska. Lopulta Kalle osoittaa.

"Ja kuinka paljon sinulla on tänään, poika?" kysyy apteekkari. Kalle avaa nyrkkinsä. "Ah, kaksi äyriä. Ja-ha. Katsotaanpa, kuinka monta saamme kahdella äyrillä... Herra Svensson, ... ah... Herra Svens-son, kaksi äyriä... ja vain punnitaan ja vähän... ja öh... Herra Kalle, kaksi äyriä... Ja-ha!"

Määrä on sovittu. Apteekkari käärii mustat herkut karkean paperin sisään ja ojentaa sen. Karkit ja äyrit vaihtavat omistajaa. Kauppa on tehty, ja mies katsoo alas pieneen poikaan. "Kiitos, herra Kalle, ja hyvää joulua teille ja perheelle! Entä isäsi? Tuleeko hän pian takaisin? Jouluaatoksi, ja?"

"Äiti sanoo, että hänen pitäisi palata jouluaatoksi, jos sää on kohtuullinen. Kiitos! Hyvää joulua. Hei." Oven kello kilisee hänen perässään. Kalle astuu takaisin vilkkaan Uddevallan pääkadulle. Hevoset ja kauppiaat täyttävät kadun, työntäen ostajat ja kojut sivuun. Kolme köyhää lasta laulaa joululauluja säälien toivossa, kilpaillen kerjäläisten, taitavien taskuvarkaiden ja kulkureiden kanssa. Jotkut, molempaa sukupuolta, juovat äänekkäästi kapakassa tai loikoilevat portailla tai matalilla muureilla. Muutamat, synkkäkatseiset ja päättäväiset, työntyvät ohikulkijoiden ohi, kiroillen, hoippuen ja vihaisina. Hienostoväki ja lapset ovat varuillaan. On aika veitsille ja humalaiselle kostolle humalaisista vääryyksistä.

Joulun antimia on myytävänä sekä kaupoissa että myyjiltä: silliä ja muuta kalaa, tuoreena ja savustettuna, kinkkuviipaleita ja riistalintuja, mutaisia nauriita ja porkkanoita, vihertäviä perunoita sekä suurissa säkeissä jauhoja tai rukiinjyviä, vehnää tai kauraa, joista tehdään maailman parasta leipää, erityisesti kun siihen leivotaan kalaa! Toiset myyvät juustoja ja voita, jokainen pa a koristeltu - vaikkakin kalliita. Kalle, pureskellen, suuntaa kohti kirkkoa, kävellen kojujen ohi ilman suurempaa mielenkiintoa. Joulun karnevaali ei voi olla parempi kuin äidin ruoka ja lahjat, jotka hän saa vanhemmiltaan. Aikuisten maissa, joissa ei ole ikivanhaa joulutraditiota, pitäisi kuitenkin tietää, että ruoat, tuoksut, äänet, musiikki, kirkot ja lahjat tarjoavat runsaan juhlan kaikille aisteille ja avoimille, itsensä tiedostaville mielille, näin muistuttaen sielua sen tarpeista. Koko tämän juhlan läpi kulkee katarttinen paatos.

Kalle lähestyy kirkkoa ja pysähtyy katsomaan maisemaa. Kaupungin ja hälinän takana meri ja Byfjordenin suojainen lahti ovat tapahtumaköyhiä sumussa, horisontti, tuhkanharmaa ja epämääräinen. Pari venettä keikkuu yksinäisinä vedessä; lokit kiertävät, huutaen turhaan, sillä kukaan ei huomaa heitä eikä tule kalastamaan. Muutama yksittäinen hylje sukeltelee. Simpukankuorilla peitetty ranta on harvojen kalastajien mökkien ja venevajojen reunustama, muuten autio, poikaa ja koiraa lukuun ottamatta.

Kalle kiirehtii kirkkoon ja, hetken kuluttua, poistuu etuovesta mutta livahtaa takakautta tutkimaan hautausmaata, joka on ollut lumen peitossa viikkoja, ja, ei ole salaisuus, kummitusten riivaama. Harmaantuneet hautakivet, kerran arvokkaita, ovat antaneet periksi ikänsä edessä ja, kuten niitä ympäröivä pitkä ruoho, kamppailevat näkyvyydestä ja elämän pilkahduksesta. Poika viheltää hiljaa vanhaa ruotsalaista joululaulua rohkaistakseen itseään kauhistuttavien aavekuvitelmien edessä. Hän pysähtyy pyyhkimään lunta ja lukee kiveen kaiverrettua tekstiä. JOHANNES HULT. Syntynyt: 4. kesäkuuta 1647. Kuollut: 22. marraskuuta

1660. Kalle kuvittelee hänen juoksevan, huutavan ja nauravan, sitten, yhä poikana, kuolevan; viimeiset hetket vapisten kuumeessa. Tai roistojen kynsissä, ryöstettynä ja murhattuna, jätettynä lumeen löytämättä koskaan rauhaa, vaan vaeltaen levottomana näiden puiden keskellä. Miten poika voisi kuolla niin nuorena? Liian nuorena kummittelemaan, varmasti. Tämä kauhun äkillinen visio saa Kallen jatkamaan eteenpäin.

Jotkut kynttilät palavat yhä haudoilla, mutta eivät vanhemmilla, kauempana takana. Ne kutsuvat, pyhinä mutta kosteina, unohdettuina saarnipuiden muodostamassa lehdossa, koskettaen leviävää jalavaa ja ympäröityinä tummenevilla kuusilla, synkkinä ilman lyhtyjä. Kukaan ei muista tänne haudattuja, sillä muisto ja kiintymys heitä kohtaan on myös haudattu kauan sitten. Ruoho on korkeampaa ja kirkkotarha sumun peitossa, vihjaten mysteeriin ja odottamattomaan, joka lumoaa pojan.

Ja sitten, se on siinä hänen edessään; täyttää hänen kasvonsa ja korvansa, pärskien, rummunlyönnit ja huudot kaikuvat hulluina sen takana. Kalle kääntyy yhdestä ja takaisin toiseen kauhuissaan, haluten juosta mutta on liian kauhistunut liikahtamaan. Olento, sen turkki villisti värjätty, lähestyy Kallea, hypellen, heiluttaen kavioitaan hänen kasvoillaan, pärskien. Se tanssii, hulluna, kun kolme juopunutta nuorta liittyy mukaan, valssaten sitä, ympäri ja ympäri, sitten kumartuen kaksinkerroin vastaanottaakseen sen, hurmosta teeskennellen, kun se nousee heidän päälleen. He romahtavat nauraen. Vuohi kaatuu taaksepäin, äkkiä, 'kuolleena'! Nuoret puukottavat olentoa raivokkaassa verenvimmassa, sitten, kuin esityksenä, seremoniallisesti, laskevat sen lumeen, marjanverisenä, hautausta varten.

Poika perääntyy, kylmissään, liian peloissaan juoksemaan. Nuoret pysähtyvät ja tuijottavat, läähättäen, tahrittuina, silmät raskaina. Nyt he lähestyvät Kallea, hyökkäillen häntä kohti, mutta juopuneina, kaatuen. Kalle tärisee ja pyörähtää ympäri, kun vuohi 'nousee kuolleista' ja ryntää mukaan takaa-ajoon. Se on yksi ihme liikaa! Sumun läpi, nurmen yli, hautojen poikki hän juoksee! Hän juoksee ja kaatuu, ja juoksee edelleen, kompastuu haudattuun kiveen mutta kamppailee ylös jälleen, ja nyt pimeyden tuolle puolen, ja ulos sumusta kaupunkiin ja valoon ja vilinään ja turvaan. Lapsi puoliksi kääntyy katsomaan. Juopuneet ulvonnat ja huudot seuraavat häntä. Hän jatkaa matkaa, pilkka polttaa hänen selkäänsä.

"Tule takaisin tänne, poika! Takaisin! Meillä on lahja sinulle. Iso! Se sattuu vähän, tiedäthän, siellä ylhäällä! Kauan eläköön kaikki joulupukit! Vuohi kuoli mutta hän elää! Kauan eläköön kaikki jouluvuohipukit! Oi! Vuohi on noussut ylös. Hän tulee käymään luonasi. Sinun luonasi! Paholainen ratsastaa jouluna, sinä pieni räkänokka! Hei, poika. Tule takaisin tänne! Saatana!"

Kalle puskee tiensä ohikulkijoiden läpi, punaisena, pyyhkien pois kyyneleensä ja häpeänsä, huomaamatta. Hän tuijottaa eteensä, silmät kauhuissaan, hidastaen vain lähellä tuttuja myyjiä uskaltaakseen nopean vilkaisun olkansa yli. Hän tuskin huomaa ihmisiä ja kauppoja, ei edes apteekkia, koska ne näyttäytyvät hänelle välinpitämättömänä äänien, tuoksujen, värien ja sumeiden kasvojen pyörteenä, jotka ovat tämän, hänen nyt ja tapahtuneen, ulkopuolella, ja siksi ymmärryksen tuolla puolen. Lihakauppias ja hänen poikansa ripustavat tuoretta teurastettua sikaa. Sika heiluu, vaaleanpunaisena, Kallen silmäkulmassa, ja hän vetää henkeä. Se on myös verinen, elävä, tuijottava ja melkein hymyilevä. Mutta varmasti kuollut. Sen täytyy olla kuollut!

Kalle juoksee yhä auki olevan puutarhan portin läpi, ja ylös ulkoportaita avatakseen ja sitten paiskatakseen oven kiinni perässään. Pienet olkipukit ikkunalla hypähtävät yllätyksestä. Sisäovi paiskautuu vielä kovempaa kiinni ja Kalle, hikisenä, nojaa sitä vasten, lopulta hän riisuu hattunsa ja kaulahuivinsa. Hän huohottaa, hengästyneenä mutta näkemättä mitään, haistaen kotinsa. Joulun puhtaus tuntuu särkyneeltä, mutta hän tietää, että nyt hän on turvassa.

4. KALLEN JOULUAATTO

Lumisade peittää Svenssonien kotia. Se on tavallinen, peltikattoinen talo, maalattu tummanpunaiseksi, kuten monet talot Ruotsissa. Puiset pitsikoristeet koristavat julkisivua, tavaromaisia mutta silti silmiinpistäviä, ja puutarha on käytännöllinen marjapensaineen, omenapuineen ja koivuineen. Rakennus on kaksikerroksinen, kellarin päälle rakennettu, ulkoportaat ja yksittäinen rautakaide johtavat ulko-ovelle ja ikkunalliseen eteiseen. Ei mitään erityistä siis, mutta se suojaa ankarilta talvilta ja maailmalta, sen lämmin tuttuus tuo lohtua lapsille ja äidille, erityisesti isän ollessa poissa. Kello on neljä iltapäivällä ja on jo pimeää, joten ulkoaulassa mehiläisvahakynttilät on sytytetty ja sisällä kodissa, sekä yksittäisiä kynttilöitä että punaisessa, koristellussa kynttilänjalassa, joka sisältää kolme kynttilää rivissä. Kynttilät loistavat pohjoismaisen synkkyyden läpi. Ei vain tuomaan valoa pimeiden päivien ja mustien öiden kuukausina, kun revontulet eivät loista, vaan myös tuomaan iloa kauneutensa kautta, kotiinpaluun tunteen, jota jakavat myös räsymatot ja villasta a pellavasta tehdyt seinävaatteet, joiden eteen äiti on uurastanut kuukausia, jopa vuosia, kotiaan varten.

Iso tupa on jaettu istuinalueeseen ja ruokailualueeseen. Jälkimmäisessä on suuri, karkeasti veistetty pöytä ja raskaat penkit yhdessä nurkassa (ne on luultavasti kiillotettu enemmän iär ja ro s-keiden kuin käsityöläisen lakan ansiosta) ja suuri kivinen leipäuuni toisessa nurkassa, rautaportilla suljettuna. Uunin seinää vasten nojaa palanut paistinlapio, karun keskiaikainen, mustunut keppi odottaen seuraavaa matkaansa Fru Svenssonin ahjon mustaan helvettiin. Varsinaisen uunin alla on rautahella kuumine levyineen, ja tämän ja uunin välissä on pitkä palkki, jossa roikkuu ruisleipäkiekkoja. Hannen leivontapäivinä uunista vedetään uunin hehkussa kovetetut ja paahtuneet leivät - maistuvat, voimakkaat ja vastustamattomat. Sekä leivät että Hanne, posket hehkuvina ja intensiivisenä, näyttävät erityisen viehättäviltä hänen leipoessaan. Lisää leipää roikkuu palkeista keittiön katon yläpuolella, joten leivän määrä ja uunin hehku luovat vaikutelman raamatullisista mittasuhteista. Talvet ovat pitkiä Uddevallassa, ja ruisleipä on siten kestävä, maukas perusruoka, jota voi nakertaa, juuston tai voin ylellisyydellä tai ilman niitä. Varakkaiden puristetut nyrkit kuristavat köyhien kitalakea.

Toisessa päässä, ikkunoiden vieressä, on olohuone, miellyttävä ja valaistu useilla kynttilöillä, lampuilla ja runsaalla takkatulella. Huone tuoksuu puusavulle, paistuvalle lihalle ja joululle. Hennosti kirjotut pellavaverhot suojaavat ikkunoita ulkopuolelta tulevalta melankolialta. Yksi nojatuoli, kaksi vanhaa keinutuolia, jotka on peitetty kirjotulla kankaalla pohjoismaiseen tapaan, jakkara ja pieni keskuspöytä tarjoavat riittävästi huonekaluja. Lattia voisi näyttää karulta ja huone kutsumattomalta, ellei paljaiden, lakkaamattomien lankkujen päällä olisi kudottuja mattoja.

Neulotut koristeet peittävät seiniä ja ikkunalaudoille sekä takan reunalle on aseteltu monenlaista tilpehööriä: pari puista tonttua (pienempiä, myyttisiä vanhoja miehiä, jotka vartioivat taloa ja tilaa), suuri joulupukki ja koristeltu viikinkisarvimalja, jonka kummallakin puolella on kynttilöitä. Pieniä olkieläimiä roikkuu ikkunoissa ja saviset hevoset ja vuohet istuvat ruokapöydällä. Raamattu lepää pienellä keskuspöydällä virkatun liinan ja tyhjän maljakon vieressä. Yhdellä seinällä roikkuu vanha maalaus satamasta, pölyisenä rikkinäisissä kehyksissään, aivan Hannen perintönä äidiltään saamansa rukin yläpuolella. Talo on todellakin vaatimaton. Kuitenkin takkaa vastapäätä olevassa hyllyssä on suuri määrä kirjoja; runoutta, vanhempia oppineiden kirjoja, sanakirjoja, tarinakirjoja ja Raamattuja, joiden kannet ja selkämykset ovat kellastuneet tai muuten tahriintuneet, epätavallisia,

mutta eivät täysin kuulumattomia taloon. Huoneen yleinen re-
hellisyys viittaa siihen, että niitä tosiaan luetaan ja käytetään,
sen sijaan että ne palvelisivat, kuten ensin voisi kuvitella, maa-
seudun koreilua. Traditioita ylläpidetään Svenssonin kodissa.
Tuore puurokulho, jonka päällä on nokare voita, on jätetty ulko-
oven viereen, joululahjaksi talon tontulle. Hänet on parasta pitää
tyytyväisenä.

Tänä iltana ruokapöytä on täynnä tarjottavaa! Pääruokana on
pieni paistettu possu, puettuna jouluaaton kunniaksi. On paistet-
tua kalaa, silliä ja erityistä ruisleipää, kaikki jouluruokia Ruotsis-
sa. Ja millainen joulu olisi ilman riisipuuroa mausteineen? Tai il-
man kulhollista lämmintä glögiä, hehkuviiniä, kohottamaan per-
heen jouluiloa? Tai ilman piparkakkuja jälkiruoaksi? Kynttilät,
hienot liinat ja hopeaesineet asetellaan pöydälle vihreär pöytä-
koristelun kera. Äiti tekee ihanasta vielä upeampaa.

Isä on palannut. Hänen keinutuolinsa vieressä on pieni pöytä,
jolla on sytyttämätön piippu, pullo *brannviniä* (vodkaa) ja lasi.
Vähäsanainen ja viimeisimmän Englannin-matkansa jälkeen vä-
synyt isä lukee kirjaa ja katselee Hannea, joka on kiireinen hellan
ja pöydän ääressä. Hän nousee lisätäkseen puita tuleen, kumar-
tuen vaistomaisesti. Hän on pitkä, hänen hiuksensa ja partansa
ovat liekin lähellä punertavia. Äiti mainitsee jotain lapsista, ja
hän vastaa hymyillen, pyyhkien käsiään ja palaten kirjansa pariin.
Lapset ryntäävät sisään heilutellen kortteja käsissään ja istuvat
alas pelaamaan. Maria nousee pian tuomaan kristallilaseja pöy-
tään - ne ilmestyvät esiin vain jouluna. Ne olivat häälahja, äiti
aina muistuttaa, hienoa puhallettua ruotsalaista Kosta-kristallia,
eikä hän riskeeraa niiden rikkoutumista. Maria jää keittiöön aut-
tamaan äitiä tarjoilussa, kun Kalle ja Sven riehuvat ympärinsä
kinastellen korteista. Pojat lysähtävät lattialle nauraen ja alkavat
painia - Kallella ei ole mitään mahdollisuutta. Sven on painavam-

pi ja isompi ja Kalle kikattaa muutenkin liikaa! Vanhemmat katsovat iloisina.

Yhtäkkiä kuuluu kova koputus ulko-ovelta. Kalle katsoo ylös ja huutaa innostuneena juosten Svenin edellä katsomaan, kuka siellä on. Hän ryntää eteiseen mennäkseen ulko-ovelle, mutta ennen kuin hän avaa sen, hän hätkähtää nähdessään olennon, puoliksi varjossa, ei ihmisen, hyppivän ikkunaan ja ravistellen päätään voimakkaasti. Olento rauhoittuu hetkeksi ja tuijottaa Kallea syvästi keskittyen. Se katoaa, hypäten yöhön ennen kuin Kalle ehtii avata suunsa huutaakseen. Hän juoksee takaisin sisälle ja painautuu vapisten äitinsä syliin. Sven katsoo ulos kiinnostuneena ja Maria liittyy hänen seuraansa, mutta Kalle on kauhuissaan. Tämän pahuuden ilmestyminen on järkyttävää! Isä nousee ja menee ulko-ovelle katsomaan, mistä on kyse.

"Ah, Kalle, poikani. Niin kuin arvelinkin. Ei hätää, poikani. Ei täällä mitään ole. Hän on mennyt, parrakas vieraamme, ssshhh! Hän on poissa. Katso. *Julbock* ja tonttu toivat meille lahjoja, voin vannoa. Se on meidän tonttumme, Kalle! Puuro on syöty. Lapset, ne ovat teille. Tulkaa nyt, ei itkua poikani." Isä nauraa ja palaa olohuoneeseen tärisevän Kallen luokse. Hän lohduttaa poikaansa. "Emme pelkää vanhaa joulupukkia, vai mitä? Eikö niin? Olemme rohkeita, eikä mikään paha voi koskettaa meitä. Olento pelkäsi sinua enemmän, kun huusit niin paljon. Ei kyyneleitä. Etenkin kun meillä on tällaisia ihania asioita, tässä pienessä säkissä. On joulu! Ja… ja tässä ne ovat – joululahjat! Maria! Sven! Tulkaa lapset!"

Isä seisoo pussi kädessään, kiusoitellen lapsia. Kalle on yhä itkuinen, mutta onnistuu saamaan hyvän otteen säkistä. Isä pitää sen kuitenkin poissa ulottuvilta, ja lapset nauravat, kunnes he ovat uupuneita. "Mikä teitä pidättelee? Jos ette halua lahjojanne, voin ottaa ne itse, vai mitä! Tai vanha pukki voi antaa ne perheelleen!"

On äitien tehtävä tuoda järjestystä kotiin, ja asiat eivät ole Svenssonin perheessä toisin. Ruoka on pian valmista syötäväksi. "Kaikki, lapset! Kalle, olet liian kiihtynyt - liikaa joulua poikani. Älä itke rakas. Katso minua Kalle. Pian on aika syödä, enkä halua, että ruoka jäähtyy. Isä, katsotaanpa, mitä Julbock on meille tuonut. Ennen kuin ruoka jäähtyy! Sven. Sinun pitäisi olla isä!"

Maria huutaa: "Saanko minä avata ensimmäisen lahjan? Olen vanhin ja olen tyttö. Se on vain reilua! Ole kiltti isä? Ole kiltti?"

Isä katsoo kaunista tytärtään ja tuntee pistoksen sydämessään. Hänestä on tulossa nainen, mutta hän on silti täynnä lapsuuden viattomuutta, sellaista mikä kuuluu vain lapsille ja minkä tulisi pysyä heidän omanaan niin kauan kuin Jumala on tarkoittanut, luonnon perintönä. Hetken ajan Svensson miettii menneitä jouluja, kun Maria oli heidän ainoa lapsensa ja myöhemmin, kun Sven oli pieni. Mikä onni! Aivan kuin eilen. Aika on sulanut hänen käsissään kuin lumi. Ja mitä tiukemmin hän on yrittänyt pitää siitä kiinni, sitä nopeammin se on valunut pois, valkoisina pisaroina, pudonnut peruuttamattomasti sormien läpi. Ainakin nyt hän on lapsi, ja hän rakastaa tytärtään niin paljon juuri siitä syystä. "Luulen, että se on oikein, pikkuinen. Nyt Maria! Tässä. Sinulle, kultaseni. Avaa se varovasti..."

Maria ottaa ruskean paperipaketin, eikä pysty peittämään innostustaan. Paperi rätisee hänen avatessaan narua, hänen kätensä hieman tärisevät. "Oi, luulenpa tietäväni... mitä! Oi... isä, se on niin kaunis. Oi, se on ihastuttava. Niin pehmeä. Odota... Se on damastisilkkiä. Se on täällä laitonta. Englantilaista, epäilemättä! Ooh... Näytän prinsessalta. Englantilaiselta prinsessalta! Olen englantilainen ja - niin ylhäinen. Unohdetaan nyt Ruotsin pukeutumissäännöt! Kiitos Isä. Kiitos Äiti!"

Hän ryntää suutelemaan ja halaamaan vanhempiaan ja ojentaa sitten kankaan kaikkien ihailtavaksi. Hanne on innoissaan ja auttaa Mariaa drapeeraamaan kankaan ylleen esittelyä varten. Kuosi ja sävyt ovat kauniita; kangas näyttää syvemmät sävynsä Svenssonin kodin pehmeässä, hunajaisessa valossa. "Työskentelemme sen parissa yhdessä, Maria. Juhlien jälkeen menemme kangaskauppaan ja löydämme siihen sopivaa pitsiä ja nauhaa. Ja kauniita silkkisiä nappeja. Maria Svensson on kesällä kuin prinsessa! Uddevalla saa nähdä hänet sellaisena."

"Ihan kuin englantilainen lady", huutaa Maria pyöriessään kangas yllään. "Niin hienona!" Kaikki nauravat. Maria on aina sellainen persoona!

Isä kaivaa laukkuaan ja vetää esiin suuren, hirvennahkatuppisen metsästysveitsen. Hän ojentaa sen Svenille, joka on riemuissaan. Tuppi on pehmeä, kaiverrettu ja lapinmaalainen, kaareva ja terävä, tupsuineen. "Se on isompi kuin vanha veitsesi."

"Isä! Kiitos niin paljon. Äiti. Tätä olen halunnut enemmän kuin mitään! Kaikilla muillakin pojilla on isompia veitsiä. Voin nyt näyttää heille! Isä, olen nyt iso poika. Saamelainen metsästäjä. Teräväkärkiset kengät, suopunki ja porot... Nyt menen tappamaan karhun tai kaksi! Katsokaa minua. Katsokaa minua!"

Sven, riemussaan, tekee typerän ilmeen ja tanssii ympäri huonetta, lyöden käsiään yhteen kuin saamelainen noita. Kalle, joka ei pitkään jaksa innostua Svenin tempuista, kurkistaa varpaillaan nähdäkseen, mitä ihanaa säkissä voisi olla hänelle! Isä nostaa säkin ja kääntää selkänsä Kallelle, joka juoksee hänen ympäri vain nähdäkseen isänsä kääntyvän taas. Sitten isä kurottaa Kallea kohti lahjansa kanssa, ja kaikki pysähtyvät katsomaan, mitä hän saa.

"Ja minun pienelle pojalleni, ensimmäinen veitsesi, Kalle. Käytä sitä varovasti, poikani!" Isä ojentaa Kallelle kauniisti tehdyn lappalaisen metsästysveitsen. Kalle pysähtyy hiljaa. Lahja on hänen sydämensä toive. Hirvennahkaisen tupin alta paljastuu teräs, joka kimaltelee kynttilänvalossa. Kahva on luuta ja terään on kaiverrettu kaksi sanaa. Kalle kääntyy saadakseen valon osumaan terään. Siinä lukee: "Kalle Viikinki".

Isä iloitsee nähdessään pojan onnen. Äiti on vähemmän vaikuttunut, koska veitsi on epäilemättä ostettu ilman hänen suostumustaan. Kaikki aseet ovat hänen mielestään vaarallisia koosta riippumatta. Vanhemmat vaihtavat tietäväisiä katseita, mutta isä kääntyy pois ja näyttää katumattomalta. Hän halaa Kallea. "Nämä veitset ovat Lapinmaan yöstä! Kahvat – poronluuta, kaiverrettu ehkä silloin, kun kaukaiset taivaat olivat valaistut Pyhän Elmon tulella. Mitä sanot?"

Tähän asti vaiti ollut poika halaa ja suutelee molempia vanhempiaan. "Isä, se näyttää niin kauniilta! Kyllä, vihdoin. Oikea metsästysveitsi! Olen iso poika nyt, eikö niin, isä? Nyt kun minulla on oma veitsi? Voin metsästää myös ja pitää tämän mukanani?" Isä nauraa ja nyökkää. Äiti on kadonnut ja palaa mukanaan lahja pojille. Se on kääritty tavalliseen mustaan puuvillahuiviin, ja hän ojentaa sen heille varovasti ja hymyilee, ikään kuin ajatukset olisivat lentäneet muualle. Hänen äänensä on pidättyvän surullinen, kun hän ojentaa lahjan.

"Tämä on isoisänne Raamattu. Isäni oli pappi, kuten tiedätte. Hän opetti minut rakastamaan Jumalan sanaa ja hyviä kirjoja.

Tämän kautta hän opetti minut lukemaan, ja antoi minulle perusteet joihinkin vieraisiin kieliin ja arvostettujen miesten ajatuksiin. 'Lue parhaiten sitä, mikä jalostaa. Puhu totta ja jos kirjoitat, kirjoita myös kauniisti', hän sanoi. Tämä Raamattu on minulle rakas. Se on nyt teidän. Voimme opiskella yhdessä. Se tulee olemaan teille ystävä."

Pojat suutelevat äitiään. Kalle selailee sivuja, kun Sven, nyt vakavana, puhuu. "Kiitos, äiti. Tämä on todella hieno ja suuri! Me opimme sinulta. On hassua. Tarkoitan; ajatella siis, että sinäkin olit joskus lapsi."

Pojat menevät isänsä luo, joka on juuri vetäytynyt keinutuoliinsa lasillisen ääreen. He näyttävät hänelle Raamattua. Kirja on todella vanha, ummehtuneen hajuinen ja täynnä merkintöjä ja alleviivauksia - jotkut tahriintuneita, jotkut punaisella tehtyjä. Teksti on raskasta goottilaista kirjasintyyppiä, joten lapsen on vaikea lukea sitä, mutta se kuuluu perinteeseen. Vaikka sitä ei sanota ääneen, voi nähdä poikien miettivän, kuinka he pitävät käsissään osaa äitinsä ja isoisänsä elämästä ja älystä. On kuin menneiden joulujen henget nousisivat näiltä kunnioitettavilta sivuilta, yrittäen puhua heille ja jakaa juhlan! Isä, hiljaa, ajattelee omaa poika-aikaansa ja puhuu Kallelle.

"Pian sinusta tulee mies, ennen kuin huomaatkaan, pidempi kuin isäsi, vai mitä! Ehkä menet merille. Kauas kotoa ja Ruotsista, ratsastaen aalloilla, noilla vahvoilla, tummilla hevosilla, jotka kantoivat viikinkiesi-isiä paikkoihin, joista et voisi uneksiakaan. Se veitsi auttaa suojelemaan sinua, poikani. Se on myös hyvä työkalu. Olet tarpeeksi näppärä, joten käytä sitä viisaasti."

Äiti kuitenkin katsoo miestään, tyytymättömänä, ja ilmaisee toisenlaisia huolia. "Nyt, nyt, pojat. Muistakaa vain. Veitset ovat vaarallisia! Sven, pidä huolta itsestäsi ja pikkuveljestäs niiden kanssa. Ja isä, meidän pitäisi oikeasti tarjoilla..."

"Kalle ei ole mikään vauva. Älä huolehdi niin paljon, äiti! Mutta joulupukki on myös jättänyt jotain jollekin erityiselle tässä kodissa. Kuinka hän voisikaan unohtaa äidin?" Iso mies kumartuu halaamaan ja suutelemaan puolisoaan ja ojentaa hänelle suuren, ruskeaan paperiin käärityn paketin, joka ei ole erilainen kuin Marian paketti. "Hyvää joulua, rakkaani. Rakkaudellani!"

"Voi, minun... Sven, kiitos! Katsokaa. Se on ihana! On kulunut jo jonkin aikaa siitä, kun olen voinut pukeutua uuteen sunnuntaimekkoon. Tämä on erittäin tervetullut. Ja niin hieno kudos... Katso Maria! Ihan Englannista asti? Vai onko se saksalaista? Voi, niin hieno. Niin erittäin hieno... Svenssonit ovat nousussa, rakkaani. Kiitos tästä, kultaseni! Miten hienon valinnan oletkaan tehnyt. Vai oliko se sittenkin tuo pukkiystäväsi?"

Hän antaa miehelleen kiireisen suukon otsalle (sellaisen, joka on sallittua silloin, kun intohimo on korvattu pitkällä tuttavuudella), ja siirtyy keittiöön, joka on juuri nyt kuumempi, höyryisempi, kiireisempi ja aromaattisempi kuin milloinkaan muulloin koko vuoden aikana! "Nyt, juuri nyt, päivällinen on valmis. ...Maria! Maria?" Mutta Maria on yläkerrassa makuuhuoneessaan yksin, suunnittelemassa jo uutta sunnuntaimekkoaan.

5. JOULUVIERAS

Vuoden pimein aika on myös onnellisinta Pohjoisissa maissa. Joulukuun jäinen kylmyys, joka vallitsee, inspiroi paradoksaalisesti lämpimimpiä tunteita, joita jakavat useat sadat perheet juhliessaan joulua kaupungeissa kuten Uddevalla. Perheet, jotka ovat vielä selvin päin ja puhuvat toisilleen, tai joiden riidat maallisten asioiden, kuten maanomistuksen, perinnön, kateuden ja muiden vastaavien asioiden vuoksi, on keskeytetty, kun vanhemmat ja lapset muistavat perhevelvollisuutensa, henkiset ja sosiaaliset, muistellessaan yhden syntymää, jolla ei ollut maata, perintöä eikä kateutta. Niille, jotka ovat tuttuja tai tottumattomia Pohjolaan, Luonto tekee enemmän kuin jäädyttää tähän aikaan. Näyttää siltä, että asiat, joiden odotetaan olevan eläviä ja värikkäitä, eloisia ja niin kosketeltaviakin, ovat nyt muuttuneet. Horjumattoman optimistisille ja romanttisille maailma on ihmeellisesti muuttunut, koristeltu kimaltelevalla lumella ja läpikuultavalla jäällä. Koville realisteille, masentuneille, katkerille, nälkäisille Paratiisi on romahtanut; Jumala, kuinka se onkaan romahtanut! Luonnon kauneus on muuttunut karkeaksi esitykseksi, elämän pastissiksi, kivettyneeksi. Koko Luonto istuu hiljaa, tämän kuolonkankeuden kourissa, tai on ainakin vakavasti sairas - puut, kivet ja kasvit marmorisina korkeintaan, ja turvonneina, niiden ulkopinnat rumina, paisuneet kyhmyt hirvittävinä jäisinä sieninä.

Svenssonit ovat kuitenkin onnellisia jouluna, eivätkä tunne mitään tarvetta lopettaa kinastelua tai pidättäytyä vihasta ja pessimismistä, koska perhe on rauhallinen ja siksi näiden kateuksien yläpuolella, riippumatta vuodenajasta tai juhlasta. Perhe, ystävät ja apua tarvitsevat ovat aina tervetulleita. Niinpä Maria, tullessaan alas portaita eteiseen äitinsä kutsumana, näkee ilokseen vilauksen säkkiä kantavasta vanhasta miehestä, joka on laiha,

mustassa takissa ja lakissa, joka saa hänet näyttämään vielä pi-
demmältä. Mies kulkee puutarhan läpi ja nousee ulkoportaita
ylös Svenssonien ovelle. Hänen kasvonsa eivät näy selvästi, sillä
ulkona ei ole valoa. Hän koputtaa ja huutaa: "Hei hei! Onko tämä
Svenssonin perheen koti? Hyvää joulua kaikille! Teillä on vieras. "

Isä nousee ylös, Svenin kanssa, ja hymyillen menee etuovelle.
Eteinen on valaistu, mutta nyt kun ovi on auki, tuuli syöksyy si-
sään, vahva merituuli, joka ei ole yleinen tähän aikaan vuodesta,
ja kynttilät lepattavat ja sammuvat. Vanha mies astuu pimeään
eteiseen. Se on tietysti Pappa. Hänen poikansa tervehti häntä.
"Hyvää jouluaattoa, herra! Jumalan rauha sinulle, isä. Kalle, se
on Pappa, ja hänellä on mukanaan iso, mielenkiintoinen säkki!"

Normaalisti Kalle olisi liittynyt siskonsa ja veljensä seuraan toi-
vottamaan papan tervetulleeksi, mutta muistaen viimeisen ker-
ran, kun ulko-ovella koputettiin, poika epäröi, jääden ihmetyk-
sen, odotuksen ja pelon välimaastoon. Hänen nouseva miehinen
rohkeutensa pettää lopulta, pelko voittaa kamppailun ja oli veitsi
tai ei, Kalle juoksee piiloon. Isä hymyilee leveästi: "Tule sisään,
rakas isä — sinun täytyy jättää pimeyden jäinen maailma ja liittyä
meihin… iloiseen kristilliseen valoon ja lämpöön! Välkomna
Sven! Tervetuloa! Tässä, otan hattusi… ja nyt takkisi, noin…"

Isä toivottaa Papan tervetulleeksi, ja Sven ja Maria suukottavat
isoisäänsä, joka kysyy, milloin lahjat jaetaan pulleista säkeistä:
"Onko täällä kilttejä lapsia? Onko täällä kilttejä lapsia?' Lapset
saavat halauksia ja suukkoja vuorollaan, vaikka he eivät pysty
olemaan paikoillaan pitkään, hyppien ympäriinsä ja tunnustellen
Papan käsissä olevaa säkkiä. Pappa halaa poikaansa.

"Hyvää iltaa, poikani. Hyvää joulua! Hyvää joulua teille kaikille!
Siunattua joulua. Maria, minun prinsessani! Sven, minun iso poi-

kani, joka kasvaa koko ajan isommaksi! Pian olet yhtä pitkä kuin isäsi. Voi, kuinka nopeasti aika muuttaa asioita!"

Sven ja Maria vetävät Pappaa käsistä ja raahaavat hänet olohuoneen lämpöön, yhä tanssien ympäriinsä ja kurkottaen pullean säkin perään. "Hei Pappa, hyvää joulua! Ovatko nuo meidän lahjamme? Säkissä? Meille? Voimmeko nähdä? Anna ne!"

Pappa katsoo ympärilleen, etsien katseellaan, ikään kuin lahjat olisivat jossain lähellä. Hämmentyneenä ja hieman tyhjänä hän vastaa: "Lahjoja? En näe mitään lahjoja. Teille? Mitä minä oikein tekisin kävellen tänne asti, näissä lämpötiloissa, tähän aikaan vuodesta, tuodakseni teille lapsille lahjoja? Kysynpä vaan? Olen liian vanha sellaisiin asioihin. Tulin syömään äitinne ruokaa. Ja jos sitä ei ole tarpeeksi, varoitan teitä, syön teidät jouluherkkuna!"

Pappa syöksyy lapsia kohti, mutta he juoksevat huutaen ulos huoneesta, ylös portaita, missä on pimeää ja turvallista. Heidän vanhempansa katsovat onnellisina, ja Kalle kurkistaa piilopaikastaan. Pappa, yhä nauraen, oikoo itseään. Hän ei näe Kallea, joten jatkaen leikkimielistä uhkaustaan, hän teeskentelee etsivänsä, samalla kun Sven ja Maria hiipivät portaita alas katsomaan.

"Nyt... missä on Kalle? Öh... mmm? Missä on Kalle Svensson? Minun pieni soturini, tule esiin ja taistele!" Kalle, kikattaen, tulee esiin keinutuolin riippuvan kankaan takaa. Hänen isoisänsä huomaa hänet. "Ahaa. Löysin sinut, pieni viikinki! Löysin sinut ja nyt, nyt... minä sain sinut!"

He halaavat ja suukottelevat, ja Sven ja Maria hiipivät sisään, kun äiti tervehtii appiukkoaan. Nyt perhe on yhdessä samassa huoneessa, nauraen ja hymyillen ja rauhassa, kuten ei muulloin vuoden aikana. Koska isä on niin paljon poissa, ja pappa liian vanha kävelemään kaupunkiin yhtä usein kuin ennen, tämä on kuin perheen jälleennäkeminen. Vuoden ankaria kahleita, jotka vetävät heitä erilleen, mutta nyt ne ovat iloisia, että he ovat täällä, kotona, yhdessä juhlinnan tuomana, ja joulun siunaamina. Pappa kääntyy Hannen puoleen ihailevasti.

"Hanne Birgisdotter, hyvää joulua, rakas. Näytät hurmaavalta. Pöytä, niin kaunis - niin paljon ruokaa! Juhla-ateria! Olet tehnyt liian paljon töitä, Hanne." Hän halaa häntä jälleen. "On ihanaa olla täällä taas yhdessä. Poikani, takaisin meriltä. Lapseni. Ja on myös joulu. Kuinka olenkaan odottanut tätä iltaa."

Äiti hymyilee väsyneesti, kasvot punoittaen tuntien uunin vieressä olon jälkeen, mutta hän on yhä komea nainen: "No, Maria auttoi paljon. Ja pieni Sven myös. Kun isä on ollut Englannissa, on ollut ylimääräisiä töitä talossa, kanat - ja lumenluonti. Askareet kasaantuvat - ne eivät koskaan tunnu loppuvan! Katsotaanpas nyt, näytät hyvältä, Pappa! Todellakin, niin punakka ja vahva! On ilo saada sinut tänne jouluaatoksi."

Pappa venyttelee ja kävelee takan luo, lämmittää käsiään kylmän talvimatkan jälkeen, jonka hän teki kaupunkiin tilaltaan, kilometrien päästä. "Kiitos paljon, rakas. Tunnen oloni hyväksi. Talvituulet pieksevät tätä vanhaa tammea, mutta en taivu, vai mitä Poika! Menetin muutaman lehden ja uskallan sanoa, että muutaman oksankin viime vuodesta ja Evan poismenon jälkeen. Mutta jos kesän lämpö hoitaa minua taas kerran, Jumalan suosiolla, tulee muutamia tuoreita vihreitä lehtiä koristamaan paljasta runkoani. Kuolen juurillani, vai mitä!"

Vanha merimies nauraa, mutta kääntyy hetkeksi sivuun. Kaikki ovat surreet hänen kanssaan perheen menetystä, hänen vaimonsa Evan, Svenin äidin, kuolemaa. Pappa asuu nyt yksin. Hänen muistonsa ovat rikkaita, siellä tilalla. "Sven, on niin hyvä saada sinut takaisin Uddevallaan. Kuinka pitkä tämä viimeinen matka oli? Kolme kuukautta? Tuntuu pidemmältä! Englanti ei kuitenkaan ole niin kaukana. Huono sää viivästytti sinua...? Korjauksia, oliko niin?"

Sven laittaa kätensä isänsä olkapäälle. "Tule nyt Isä, kukaan ei puhu kuolemasta ja huonosta säästä merillä täällä! On joulu ja aiomme juoda, juhlia ja nauttia olostamme. Talon tonttu on ollut meille suopea ja sekä rakennus että perhe ovat kunnossa. Hanne pitää hänet tyytyväisenä mukavalla puurolautasella ja tonttu näyttää olevan riittävän tyytyväinen. Hanne! Äiti! Eikö meidän pitäisi avata joululahjamme ja vapauttaa Pappa siitä kauheasta painosta, jota hän on kantanut koko illan? Mitä sanot? Maria? Missä olet nyt?"

Äiti nyökkää myöntävästi ja Pappa istuu nojatuoliin, pieni säkki sylissään. Hänet ympäröidään nopeasti ja kerrottuaan muutamia tarinoita omista jouluistaan vuosien takaa, Pappa jakaa lahjansa lapsille; hän on tehnyt ne itse. Marialle on nahkainen kaulakoru, jossa on monimutkaisesti veistettyjä puuhelmiä, jokainen perinteisellä kuviolla.

Svenille ja Kallelle Pappa on tehnyt identtiset veistetyt viikinkilaivamallit, niin yksityiskohtaisesti toteutetut kuin voisi odottaa, tammesta veistettyinä. Kummassakin veneessä on punavalkoinen raidallinen purje, peräsin koristeellisine laivan päineen ja kahdeksan pientä airoa reunustaa kummankin veneen runkoa. Mallit ovat aivan täydelliset. Sven juoksee ympäri huonetta, vene kädessään, kuvitellen sen purjehtivan, heiluttaen sitä ylös ja alas. Kalle ei voi irrottaa katsettaan omastaan tai edes laskea sitä alas. Hänen käsissään on muistutus kaikesta siitä, mikä on kaunista ja pelottavaa hänen kansansa menneisyydessä. Miehet lähtevät matkaan ja, upottaen aironsa tuhansia kertoja, he purjehtivat, keittiön läpi ja eteiseen, tuntemattomille vesille ilman karttoja, ohjaten vain tähtien avulla, kiitäen jääviimojen ja syvien valtamerien läpi, niillä valaan poluilla kauan sitten, saavuttaakseen maat, jotka olivat silloin tuntemattomia - nyt heidän valloitettavanaan; ryöstettävänään. Jotkut palaavat kohoten muiden miesten yläpuolelle, rakastettuina sankareina, jotka pääsevät norjalaisten tarinoiden saleihin, asettuakseen sinne ikuisesti jumalien kanssa.

Perhe istuu penkeillä joulupöydän ympärillä, ja isä leikkaa kinkkua ja äiti tarjoilee muita ruokia. Hopean ääni posliinia vasten keskeytyy vain huutoihin "skål", kun he juovat ja puhuvat isän seikkailuista ja Uddevallan tapahtumista tänä jouluna. He siirtyvät olohuoneeseen jatkamaan juomista ja keskustelua, aikuiset vaihtaen kaukaisia muistoja ja lapset leikkien leluillaan ja syöden syntisiä määriä salmiakkia. Kalle lisää puita takkaan.

Sanotaan, että kaikki hyvät asiat loppuvat aikanaan, mutta oikeastaan ne eivät. Hyvät asiat vain muuttavat muotoaan ja jatkuvat, tallentuvat muistojen laatikoihin tai elämämme kautta, otetaan esiin ajoittain, ja koetaan uudelleen tai leikitään niillä niiden kanssa, jotka osallistuivat alkuperäiseen draamaan, ja ehkä myös ystävien, jotka ovat onnekkaita saadessaan jakaa toisen ilon tarinoita. Kun keskiyö muuttuu joulupäiväksi, perhe nousee toivottamaan hyviä öitä toisilleen. Pimeys on unohtunut Svenssoneilla. Tuleva päivä on tarpeeksi pitkä - kirkko ja laulaminen, lisää junlimista ja tietysti vielä enemmän juomista. Parasta kaikessa on, että ystävät ja perhe vierailevat ja tulevat vierailluiksi. Juuri nämä pienet asiat lämmittävät sisältä ja sulattavat jäiset ympyrät, jotka kova maailma heittää tavallisten ihmisten elämän ympärille.

6. PITKÄ MATKA KOHTI AAMUNKOITTOA

On reippaasti yli kaksi aamuyöllä 27. päivä. Tapaninpäivä, Pyhän Stefanuksen juhla, joka on näennäisesti juhlallinen päivä ensimmäisen kristityn marttyyrin muistamiseksi – juutalaisväkijoukon sieppaama, kivitetty Jerusalemin ulkopuolella ja kuolevana ylevään näkyyn kietoutunut – on tullut ja mennyt. Sen päättyessä tämän kauden ilo hieman hiipuu ja väsyneet lapset ja vanhemmat suuntaavat sänkyihinsä. Pappa lähtee nyt hoitamaan maatilaansa. Isä on päättänyt, että pojat lähtevät isoisän mukaan hänen kotimatkalleen. Muut jäävät vaalimaan muistojaan tästä menneestä joulusta ja sijoittamaan ne rakkaimpien muistojen joukkoon. Ulkona Svenssonin kodin lämmöstä tuuli, joka on puhaltanut voimakkaasti, on kääntynyt etsimään uutta jännitystä ja suuntautunut merelle, jättäen satamakaupungin sen tavanomaiseen talviseen uinailevuuteen.

Nuori Sven ja Kalle auttavat isoisää pukemaan takin ja antavat hänelle hatun ja käsineet. He saattavat hänet kotiin, suurimman osan matkasta hiihtäen, joten pukeutuen omiin takkeihinsa ja käsineisiinsä he menevät ulos valmistelemaan suksiaan ja auttamaan isoisää hänen suksiensa kanssa. Yö on rauhallinen ja taivas raikas, kun he vilkuttavat hyvästit ja Sven menee edellä avaamaan latua muille. Pappa katsoo taivaalle ilahtuneena pimeyden kauneudesta, joka kontrastoi voimakkaasti ympäröivän valkeuden kanssa. He matkustavat hetken, suksiensa viuhuessa kylmien peltojen halki ja sitten kauemmaksi metsän hiljaisuuteen. Hiihtäminen tuoreessa lumessa, joskus ylämäkeen, on raskasta, ja Sven, hengästyneenä ja alkavan hikoilun vuoksi, pysähtyy kukkulalle. Kalle, kaukana takana, yrittää saada heidät kiinni, ja hengitystään tasaillen isoisä nojaa sauvoihinsa ja katsoo taas ylös valtavaan taivaaseen.

"Katsokaahan pojat. On niin selkeää tänä jouluyönä. Jokainen taivaan tähti on tullut esiin ohjaamaan meitä. Katsokaa tuolla! Tuo iso tuolla..." Hän osoittaa erityisen kirkasta Venusta. "Tuolla, eikö niin, se kirkkaimmista kirkkain? Se on Iltatähti; Aamutähti." Vanha mies pysähtyy hetkeksi miettimään. "Kun ajattelette sitä; nämä ovat samat tähdet, joita viikinkiesi-isämme katsoivat yli tuhat vuotta sitten pitkäveneistään. Nämä samat jumalten lyhdyt valaisivat heidän reittejään Islantiin, Grönlantiin ja kauemmas. Etelään Britanniaan ja lämpimälle Välimerelle. Heidän täytyi olla uskomattoman rohkeita lähtiessään, purjehtiessaan kauas kotoa. Eikö niin pojat?" Papan ääni on käynyt karheaksi kylmästä.

Pojat katselevat, puuskuttaen, heidän hengityksensä on ainoa liike, paeten pimeyteen. Noiden aikojen romantiikka on Papan suosikki, mutta he eivät koskaan väsy kuulemaan siitä. Puoliksi kävellen, puoliksi hiihtäen, he jatkavat nyt eteenpäin hiljaisuudessa. Ei lintua tai eläintä voi nähdä tai kuulla. Pappa puhuu lopulta, hänen karhea äänensä kaikuu metsässä. "Ne miehet, ne viikingit... He soutivat itsensä loistoon rohkeudellaan! Älkää unohtako sitä pojat. Heidät muistetaan kaikissa sagoissa."

Kalle on ollut hiljaa tähän asti. "Mutta miksi he lähtisivät Ruotsista? Se oli heidän kotinsa ja täällä oli niin rauhallista. Heillä oli maatilansa." Sven, aina viisaampi isoveli, katsoo taaksepäin ja sylkäisee. "Maan ja kullan vuoksi, hölmö, mitä muuta? Tiedätkö, myös turkiksien. Niin minä ainakin ajattelen! Mutta. En usko, että Islannissa on paljon kultaa! Pappa, onko siellä?"

Isoisä pudistaa päätään ja pysähtyy jälleen tasaisella kohdalla hengähtämään. Hänen ympärillään ovat jäätyneet pellot ja niityt, kaukana pari maatilaa, ja edessä valtavat metsät, joiden kuusi- ja mäntyrivistöt näyttävät mustilta paperiketjuilta, stanssatuilta puilta, jotka on leikattu ja asetettu päällekkäin talviyön taivaan horisonttiin. Lopulta hän puhuu. "Miksi miehet jättävät kotinsa tutkiakseen... lähtevät laivoilla... taistelemaan ja valloittamaan tai tulemaan itse voitetuiksi? Sitä ei ole helppo tietää, Kalle."

Sven katsoo taakseen huolestuneena. "Pappa, olet väsynyt. Meidän täytyy levätä pidempään täällä. Meillä ei ole kiire." Isoisä hymyilee ja nyökkää, iloisena kuten aina.

"Talven väsymystä, Sven... Ei muuta, sanon sinulle. Kuule! Ilman ihmisten unelmia maista tuolla kauempana; unelmia suuruudesta, valtakunnasta; ilman noita tähtiä... ja heidän laajaa tietämystään niistä, nämä soturit olisivat jääneet tänne, sanoisin. Jääneet pieneen Uddevallaan - ollakseen maanviljelijöitä, kalastajia, kauppiaita, pappeja; ja epäilemättä, jotkut olleet sitten kylän juoppojakin! Jääneet taakse ja olleet ei mitään. Tietämättömiä ja tuntemattomia! Ja, unohdettuja tänään. Kyllä, muutamat olisivat varmasti tulleet kylän juopoiksi."

He nauravat ja muistavat ne, jotka he tuntevat. Sven huutaa: "Tarkoitat, että he olisivat olleet kuin vanha Pissy-Peter ja Johan? He ovat liian juovuksissa päästäkseen seuraavaan kylään, saati sitten Eurooppaan! Ja sitä paitsi, kyläläiset kaipaisivat heidän erityistä tuoksuaan." Pappa virnistää.

Hän lisää nauraen: "En usko, että Peter ja Johan enää edes tietävät, missä seuraava kylä on. Liikaa iloa!"

Kolmikko lähtee taas liikkeelle, hiihtäen tasaisella ja sitten hieman kiiveten, kunnes he saapuvat metsään, missä korkeat koivut, lumimyrskyjen kuorruttamat, seisovat jylhinä, suolapylväinä puumaisemassa, missä kesän irstaus on jo kauan sitten lakannut, ei taivaan tulikiven vaan taivaan jään vuoksi. Hiihtäjät pakenevat metsän pimeyttä kuunvalon säteiden auttamana, jotka heijastuvat lumesta ja koivuista. Paikka on muuten autio, lämpimyyden ja miellyttävän inhimillisen toiminnan jo kauan sitten unohtama. Suolapylväät hohtavat ja leikkivät jättimäisten mäntyjen ja valkoisten oksien varjoissa, vilkkaasti, hetkellisesti, hämmentäen polkua ja hämmentäen hiihtäjiä. He pakenevat, yhtäkkiä vaitonaisina, ikään kuin ympäröivän tiheyden käskystä hiljentyneinä. Kolmikko on keskittynyt, haluton katsomaan vasemmalle tai oikealle, mutta päättäväinen menemään vain eteenpäin.

Yläpuolella, neljänneskuu piirtää himmenevän hahmon yötaivaalle, kerran runsas valkoinen vaha on nyt suurelta osin mustunut ja palanut loppuun lähes kuukauden toistuvasta öisestä anteliaisuudesta. Se roikkuu vanhana, ohentuneena ja taipuneena, lähes kulunut kynttilä eteerisenä, välkkyen puiden latvojen läpi, aavemaisena ennemmin kuin rohkaisevana, näkyen jälleen täysin vasta, kun pyhiinvaeltajat ovat selvinneet metsästä.

Pappa ja pojat saapuvat vuosisatoja vanhan kivestä ja puusta rakennetun punaiseksi maalatun maatilan luo, joka on kaukainen naapuri isoisän maatilalle. Perinteinen puuaita ympäröi sitä. Suuria kiviä, jotka ovat korkeampia kuin yksikään ihminen, on sijoitettu aidan viereen ja kummulle, lisää on lähempänä latoa, ikään kuin skandinaaviset jättiläiset olisivat huolimattomasti heitelleet marmorikuulia. Useat näistä siirtolohkareista ovat valtavia, mökkien kokoisia, jotka luonto on ilmeisesti asettanut paikoilleen ja, kuin kyllästyneenä, yksinkertaisesti hylännyt tuhansia vuosia sitten. Maalaistalon ulkopuolella on kärry, puoliksi lumen peitossa, ja perheen reki on näkyvissä talon sivulla, avoimessa vajassa, sekin lumen ympäröimänä. Kolme kynttilää valaisee yhtä etuikkunoista, ainoa merkki siitä, että täällä asuu ihmisiä. Tila vangitsee katsojan ajatukset, samoin kuin ympäröivä alue - ei minkään erityisen ominaisuuden vuoksi, vaan sen ilmeisen oikeuden takia yksinkertaisesti kuulua sinne, kokonaisuutena ikään kuin kasvanut luonnosta itsestään, yhdessä kivien ja puiden kanssa; se on oma maailmansa. Talo seisoo hiljaa, absoluuttisena, ajattomana - vaikka selvästi se ei voi olla. Tämä vaatimaton mutta petollinen päättäväisyys on vain sattumalta maisemassa Ruotsissa ja itse asiassa koko Euroopassa, sillä sama ominaisuus toistuu, kun kyse on perinteisestä, maalaismaisesta. Maat, joissa on viimeaikaisia, siirrettyjä kulttuureja, jotka joutuvat lainaamaan emämaista, eivät herätä samaa tunnetta. Mutta tässä vallankumouksen ajassa, tuo vivahde jää huomaamatta.

Kalle ei halua antaa periksi. Hän katsoo maatilaa ja, tiedostamattaan, hieman epäsuorasti, ilmaisee käytännöllisen tunteen, joka juontaa juuri tehdystä havainnosta. "Mutta täällä maalla on turvallisempaa. On rauhallista. Täällä Ruotsissa. He kuuluivat tänne. Eikä täällä ole merihirviöitä, jotka nielevät sinut ja veneesi. Aaah, rouskis!"

He kaikki nauravat, häiriten pöllöä, joka räpyttää siipiään ja lentää pois. "Turvallista, Kalle", isoisä hymyilee, "täällä maalla. Kyllä, se on turvallista eristäytyneisyyttä."

Sven johtaa tietä toisen metsän reunoilla, jossa on enemmän mäntyjä ja kuusia kuin koivuja, ja muutamia jalavia, vahvoja ja suuria, mutta valitettavasti kauden koettelemusten paljastamia, entinen jalous nöyrtyneenä luonnon jäisen vallankaappauksen edessä, ikivihreiden puiden ja lumen pilkkaamana. Kettu jänis suussaan ylittää heidän polkunsa, enemmän aavistuksena kuin nähtynä. Sven pysähtyy ja katsoo ympärilleen; kettu on kadonnut, vaikka pari suurta jänistä hyppii lähellä, pysähtyen vain hetkeksi tuijottamaan. Pappa on ilahtunut näystä. "Upea olento, tuo kettu. Niin nopea! Meidän täytyi yllättää se metsästyksen keskellä. Ihmisen elämä kuitenkin on enemmän kuin pelkkää selviytymistä. Siinä on vastauksesi, Kalle. Tuo kettu ei ajattele pidemmälle kuin seuraavaan ateriaansa. Mutta ihmisten täytyy pyrkiä, tavoitella ja löytää merkitystä koko elämälle ja tulevaisuudelle. Me nimeämme asioita ja sitten haluamme omistaa ne. Teemme niistä sellaisia kuin haluamme ja siten vaadimme omar maailmamme. Nyt, kerro minulle. Ensimmäinen teko, jonka Aadam teki, pojat?"

Sven vastaa: "Raamattu... Aadam. Aadam nimesi eläimet ja kaikki kasvit ja puut Paratiisissa!" Sven on tyytyväinen itseensä ja katsoo takaisin Kalleen.

"Aivan oikein, Sven! Nimeäminen tekee asiasta meidän! Nimeämällä asioita, tartut niihin, merkitset ne. Ja omistat ne! Sitten sinä ja maailma tiedätte, kuka olet; se on voimakas ja jalo vapaus. Hah! Esi-isämme matkustivat puoli maailmaa antaen kokonaisille maille uusia nimiä; he kävivät kauppaa ja valloittivat uusia ihmisiä, löysivät heidän ajatuksiaan ja jakoivat omiamme. Niin laajalti kuin maailma tunnettiin! Jopa muinaiseen Venäjään ja..."

Kolmikko jatkaa matkaansa yössä ja saapuu turvallisesti isoisän maatilalle. Pojat juovat kuumat glögit ja syövät piparkakkuja ennen kuin lähtevät taas kohtaamaan yksinäisyyttä synkissä metsissä ja pelloilla. Kaikella lapsen voimallaan ja miehisellä rohkeudellaan he hiihtävät takaisin varjojen ja kummitusten halki lämpimään kotiinpaluuseen, päättäen pitkän yön matkansa talviaamun hennon sinivihreässä kajossa.

7. KEVÄTAAMU RANNALLA

Uddevallan lahti, Byfjorden, on suuri, luonnollinen satama, rannikon kohtu, joka suojaa pienveneitä ja valtamerialuksia, jotka saapuvat sen tyyniin vesiin. Ranta muodostaa vain osan lahdesta. Kaukaa katsottuna se saattaa näyttää sileältä ja kostealta, mutta lähempää näkee, että se on paksusti kerrostunut simpukoilla ja muilla kuorilla, osa tuoreita, osa fossiileja, antaen sille auringonvalossa kiiltävän, suomumaisen ulkonäön. On kuin muinainen unelias lohikäärme olisi ojentunut nauttimaan kesäpäivästä, nukahtanut eikä koskaan herännyt. Lahti ja sen ranta tekevät kävelystä hankalaa. Kallioita kohoaa vaarallisen korkealle joissakin osissa, maan päättyessä äkillisesti rannan tai veden yläpuolelle, haluamatta vääristää tämän merenrantamaiseman pyöreitä linjoja. Miljoonat kuoret alla ovat epämiellyttäviä paljaille jaloille. Lähellä kaupunkia työntyy laituri, ihmisen käsityön tulos, keskeyttäen lahden luonnollisen muodon, joka muuten olisi silmälle niin täydellinen. Byfjordenin toisessa päässä kapea väylä katkaisee ympyrän päästääkseen alukset myrskyisiltä Pohjanmeren, eteläisen Kattegatin ja Skagerrakin alueilta, jotka etsivät turvaa purkaakseen lastinsa tai kunnostautuakseen, ja joiden miehistöt löytävät palvelua ja lepoa tervetulleessa sataman sylissä.

Kevätaamu tänään alkaa tuulisena ja kirkkaana. Ylhäällä polulla kallioiden varrella voi tarkkailla koko lahtea ja kaupunkia. Näkymä tarjoaa panoraaman tästä yhteiskunnasta, kirkosta ja julkisista rakennuksista, katujen, kauppojen ja markkinapaikan ohi, sitten loisteliaasti yli talojen ja siistien puutarhojen ja alas satamaan, jota koristavat muutaman kutterin korkeat purjeet. Lahden ympäri suuremmat rakennukset väistyvät maatilojen ja mökkien tieltä ja lopulta kauas niemille. Se, mitä ihminen on täällä tehnyt, ja kaikki sen luonnollinen luomus seisovat kokonaisina, kuin tahattomassa arkkitehtonisessa yhtenäisyydessä, kiinnitettynä kuin muotokuva. Maisema on idyllinen. Kuin iloksi maalattu.

Muutama pieni alus kalastaa tai kuljettaa tavaroita ja ihmisiä lahden yli. Muutamat kalastajat, jotka etäisyyden vuoksi näyttävät pieniltä ja siksi huomaamattomilta, ahkeroivat työvaatteissaan, elämän kuluttamina, ympärillään lakkaamatta kirkuvat ja saalista etsivät lokit. Kauempana kalastajista yksinäinen hahmo kävelee rantaa pitkin, potkien harmaantuneiden simpukoiden kerroksia, pysähtyen poimimaan kourallisen ja heittämään ne mereen. Se on Kalle. Hän pysähtyy katsomaan tuulta ja tyrskyjä ja kumartuu sitten poimimaan toisen kourallisen simpukoita heittääkseen niillä ärsyttäviä lokkeja. Väsyneenä epäonnistumisista ja siitä, ettei saa simpukoilla aikaan kuin kaksi hyppyä, hän istuu ajopuun kappaleelle ja tuijottaa lahden yli. Meri kiehtoo aina; se muuttuu jatkuvasti, houkuttelevasti kutsuen mielikuvituksen tutkimaan seikkailuja, joita se tarjoaa - loputtomasti nuorelle pojalle. Se tuntuu pitävän menneisyyden tarinoita harmaan sinisen pinnan alla ja aina mahdollisuuksia upeisiin kertomuksiin tulevaisuudessa. Lahti, joka suojaa, on myös avoin portti houkuttelemaan nuoria miehiä avomerille ja vaaroihin. Kalle ottaa esiin uuden veitsensä ja alkaa kaivertaa palaneen ajopuun mustaan pintaan. Palaset lentelevät paljastaen alla olevan pehmeän ja kermanvalkoisen pinnan. Minuutit sulautuvat laiskoiksi tunneiksi. Nyt gorgoninen aurinko seisoo korkealla pohjoisen yllä, hehkuen valkoista lämpöään ja sinistä valkaisten. Se tuijottaa alas kaukana alapuolella olevalle karulle rannalle, jossa Kalle, kunnioituksesta kumartuneena, keskittyy tehtäväänsä. Kalle pysähtyy nähdäkseen pienen veneen, jota vedetään rantaan kauempana, missä se tyhjentää verkkonsa vähäisestä kalasaaliistaan. Saaliin niukkuus vastaa Byfjordenin rantaa, joka on täynnä simpukoiden jäänteitä. Uddevalla on tyhjentänyt runsauden tyhjäksi.

Poika hypähtää ylös, kääräisee housunlahkeensa ylös ja kahlaa veteen. Tuuli tarttuu hänen paitaansa ja hän suojaa itseään käsillään. Itäisen Skagerrakin vesi, kuten mikä tahansa pohjoisen vesi, on armoton, luissa jäätävän kylmä suurimman osan vuodesta. Kalle hyppelee hetken ennen kuin menee syvemmälle ja uskaltaa työntää päänsä veteen. Hän nousee pintaan hengittäen raskaasti, mutta menee takaisin veteen pidemmäksi aikaa, nousee ylös punaisena ja pyyhkii silmiään hihallaan. Hän värisee mutta seisoo suorana, reisiin asti vedessä, kestää kylmyyden, pakotettuna siihen syvään tarpeeseen, joka on useimmilla pojilla; olla osa luontoa, tuntemuksen tuolla puolen – fyysisesti, orgaanisesti yhtä luomakunnan kanssa, jopa brutaalisti, nauttia sen kauneudesta ja rehellisestä julmuudesta; halveksia pelkkää tarkkailua tai toisen kokemusten kautta elämistä! Luonnon ja pojan välillä vallitsee sopimus, ja väistämättä, voisi sanoa, molemminpuolinen omistajuus. Jos tämä estetään, pojasta voisi tulla onneton ja häiriöitä aiheuttava. Niinpä Kalle seisoo ja palelee, pieni hymy huulillaan.

"Kalle. Hej, Kalle-poika! Missä olet ollut, pieni viikinki? Missä olet piileskellyt?" Isoisä lähestyy, heiluttaen kättään, hymyillen teennäisen vihaisena. Hän viittaa Kallea luokseen ja osoittaa merelle. "Katso poika. Katso Kalle... katso, kuinka se menee!" Hän viittaa suureen kauppa-alukseen kaukana, juuri tulossa näkyviin kokonaan. Se on valkoinen, useilla purjeilla ja liikkuu hitaasti ulos satamasta. Poika nousee katsomaan laivaa, kun isoisä lähestyy.

"Suuri tänään, vai mitä, Kalle!" Poika suojaa silmiään häikäisyltä ja hymyilee nyökäten. "Mihin hän mahtaa olla menossa, mitä luulet, poika? Kauppaamaan tavaroita. Kauas, olen varma, ja tällaisena hienona päivänäkin. Kova matka edessä, jos hän on matkalla etelään... Pohjanmeri? Mitä sanot, poika?" Isoisä nauraa, kun hänen pojanpoikansa juoksee ja halaa häntä. Hän on harvoin kaupungissa näinä päivinä, mutta ei koskaan lähde näkemättä poikia. Isoisä ottaa Kallea kädestä ja he katsovat yhdessä kauppa-aluksen kulkua lahden yli.

"Kävelin vain", sanoo Kalle. "Kahlasin veteen nähdäkseni, kuinka kauan voisin olla... On liian kylmää uida! Tänään puhaltaa niin voimakas tuuli - se on varmasti hyvä purjehdukseen." Kalle lörpöttelee, kun hänen isoisänsä nyökkää ja hymyilee, ilmoutuneena pojan äänen melodisuudesta ja omasta ilostaan olla meren äärellä.

He pysähtyvät ja Kalle kysyy: "Mihin luulet sen olevan menossa? Amerikka on liian kaukana, oletan. Voisiko se olla Englantiin? Tai Ranskaan? Intiaan? Teetä ja mausteita hakemaan. Niin kaukaa... Ehkä kultaa? He rikastuvat kovasti, jos tuovat kultaa takaisin. '

Isoisä vain hymyilee. He jatkavat matkaa, varoen erityisen teräviä simpukankuoria, Kalle on nyt tietämätön ahneista lokeista ja aalloista, jotka pilasivat hänen yrityksensä heittää simpukoita. Vanha mies ja poika ovat yhdessä vetäytyneet laivan ja sen mahdollisen määränpään sekä edessä olevien seikkailujen pariin.

"En ole aivan varma, poika. Ei, ei Amerikkaan, ei täältä. Göteborgista, kyllä. Sieltä voi purjehtia Amerikkoihin. Intiaan? Itä-Intiaan? Ne lähtisivät myös Göteborgista. Mutta tämä voisi olla yksi niistä vilja- tai sillialuksista. Ne ovat paikallisia, loppujen lopuksi. Ne kulkevat Englannin ja Skotlannin reittejä melko usein. Luulen, että tämä voisi olla yksi niistä."

"*Far* purjehti Englannin reiteillä. Hän sanoo, että englantilaiset ovat tummia. Ja he haisevat. Ja *Far* menee myös Skotlantiin. En tiedä millaisia he ovat. Isä on jopa ollut Lontoossa. Hän sanoo, että se on erittäin suuri. Suurempi kuin Göteborg!"

Isoisä nyökkää, hymyillen pienesti, joka kertoo hänen miettivän. "Kyllä, tuomassa ohraa ja kauraa brittiläisille. Nyt, luulisi, että heillä olisi tarpeeksi maata ruokkiakseen itsensä, eikö vain? Kaiken sen loiston ja vallan kanssa - ja sodankäyntirakkauden. Mutta brittiläiset eivät osaa hoitaa yksinkertaisia asioita, kuten riittävän viljan kasvattamista! Kaikki ne ihmiset. Ja armeijat; koko se imperiumi! Mutta pieni Uddevalla Ruotsista pitää heidät ravittuina, vai mitä."

Kaksikko nauraa ja katsoo jälleen kaukaista alusta, jaloa eleganssissaan ja kulussaan Byfjordenin yli. Se näyttää upealta. Tuuli puhaltaa kovaa mereltä, roiskuttaen suolaista sumua, joka saa heidät molemmat siristämään silmiään välillä. Isoisä pyyhkii silmiään: "Se voisi olla puutavarakauppias. Ne menevät Englantiin. Voisi palata kahvin tai sokerin kanssa. Se voisi myös kuljettaa kauraa ja vehnää Pohjanmeren yli... Voitko laskea purjeet, Kalle? En näe niitä täältä poika. Laske ne puolestani!"

Poika siristää silmiään laivaa kohti, jota valo ja tyrskyjen suihkeet hämärtävät. "Melkein näen sen... Se ei ole vielä täysin purjeessa; hmm. Yksi aivan edessä ja kaksi neliöpurjetta, ... ehkä kolme keskilaivassa ... ja perässä mitä voin nähdä. Ja meidän lippumme perässä. Sen täytyy olla meidän lippumme! Se on pian avomerellä. Se liikkuu todella nopeasti, eikö niin, Pappa... Pappa, kulkevatko nykypäivän laivat samaa reittiä kuin viikinkien pitkäveneet? Tai melkein samaa reittiä? Britanniaan?"

"No, luulisin. Merireitit ovat tänään aika lailla samat kuin silloin. Samat tähdet opastavat edelleen. Maanosat eivät ole siirtyneet ja vesi edelleen roiskuu niiden välillä, joten miksi ei?" He molemmat nauravat. Toistensa seurasta nauttiminen yksinään oikeuttaa minkä tahansa keskustelun, kävelyn tai pelin yhdessä. Pappa rakastaa merta ja purjehdusta, ja poikien kanssa vietetyt vuodet ovat tarjonneet hänelle rauhallisen paluun omaan laosuuteen ja nuoruuden seikkailuihin. Meren, tämän lahden ja isoisän maatilan ikuiset ominaisuudet pysäyttävät ajan kulun. Luonto ja maalaisperinne yksin näyttävät totuuden myöhäisen 1700-luvun myllerrysten nopeasti jaetuissa kaksinaamaisuuksissa.

Kalle kumartuu poimimaan simpukoita ja heittää yhden, joka hyppää kolme kertaa. Hän seuraa sitä ja huokaa tyytyväisenä. Se olisi voinut tehdä viisi hyppyä. "Mikä oli parasta purjehduksessa? Parasta. Olet nähnyt niin paljon maailmaa, Pappa!"

"Hmm. Sitä on vaikea sanoa. Ehkä se oli se ensimmäinen näky uudesta maasta. Sitten itse satama. En koskaan menettänyt sitä jännitystä - erilaisia tuoksuja, tai ilma lämpimänä ja kosteana, joka antaa sinulle raskaan, laiskan tunteen... mutta se oli jännittävää. Erilaista! Aina kuuli niin monia uusia kieliä; näki, miten ihmiset pukeutuivat ja söivät. Miltä he näyttivät. Niin paljon ihmisiä. Saat käsityksen paikasta sen ilman kautta, joka on täynnä tuoksuja - kun saavut satamaan: ruoan paistaminen, karja, vihannekset ja hedelmät myytävänä torilla; yleisen touhun tuoksu. Ja äänet! Ne kaikki tuntuivat olevan erilaisia jokaisessa paikassa. Satamaan saapuminen saa sinut myös tuntemaan itsesi niin vapaaksi... ymmärtämään, mitä on olla vapaa mies, jolla on maailma edessään! Luulen niin. Kyllä, se oli parasta." Papan hymy muuttuu vakavammaksi hänen muistellessaan.

Kalle miettii hetken. "Isä sanoo, että meidän sukunimemme, Svensson, tarkoittaa 'vapaata miestä'. Onko se totta? Tarkoittaako se, että muut eivät ole vapaita? Ovatko he siis vangittuja?"

"Isä on oikeassa. Vapaa mies! Niin, kaikki eivät Ruotsissa ole vapaita. Olla köyhä, kylmä ja nälkäinen, tai ilkeän aatelismiehen palvelija, joka tekee pitkiä päiviä vähällä rahalla; tai olla pakotettu taistelemaan armeijassa kuten meillä on tapana - nämä vievät vapauden. Se vaikuttaa jopa rikkaisiin. He ovat vankina ilkeytensä ja ajattelemattomuutensa vuoksi. He ovat vankina köyhien epätoivon vuoksi! Mutta he ovat liian itsekkäitä haastamaan vääryyttä."

"Oliko se niin erilaista vieraissa maissa? Kyllä heilläkin täytyy olla köyhiä ihmisiä. Ihmisiä, jotka eivät ole vapaita kuten me. Afrikassa on orjia. Ja Amerikassa myös."

Isoisä taputtaa käsiään ja nauraa, "Oi, sinä kysyt paljon! Se, mikä teki matkan arvokkaaksi ja mieleenpainuvaksi, oli myös ymmärrys siitä, kuinka nuo vieraat ihmiset olivat itse asiassa paljon kaltaisiamme - huutamassa, työskentelemässä, juoksemassa ympäriinsä, syömässä ja juomassa, kaikkea mitä mekin teemme... Mutta eri tavalla. Ihmiset vaikuttavat olevan melkein samanlaisia kaikkialla maailmassa samanlaisten ongelmien kanssa. Mutta tapa, jolla he elävät, heidän luonteensa, tapa, jolla he käsittelevät luontoa; se on erilaista. Se tekee matkasta mielenkiintoisen!"

Poika ja vanha mies jatkavat matkaansa rannalla, poimien sopivia simpukoita tai kiviä ja heittäen ne lahteen pomppimaan. He kilpailevat siitä, kenen heitto tekee eniten hyppyjä. Isoisä johtaa kokemuksellaan. Häntä ei ole helppo voittaa. Kalle poimii ajopuun kappaleen, oksan jäänteen, ja kuvitteellisia vihollisia ja jättiläisisoisää vastaan, tähtää ja ampuu sekä miekkailee yllättyneen isoisän puolustaessa itseään toisella kappaleella taianomaista puuta. "Pappa! Sinä olet nyt kuollut. Kuollut. Voitin! Sinun täytyy antaa minulle salmiakki. Tiedän, että sinulla on sitä taskussasi... tule Pappa. Minun salmiakkini!"

"Voi vanhaa Pappaa! Mitä toivoa minulla on niin mahtavaa soturia vastaan?" Isoisä nauraa ja ojentaa hänelle palan tahmeaa mustaa karkkia. Voitonriemuisena Kalle katsoo jälleen laivaa, joka etääntyy yhä. "Entä ne vanhat viikingit? Missä he ovat nyt?"

Isoisä pysähtyy, pureskellen omaa salmiakkiaan. Yllä tummat pilvet kasaantuvat ja lahti muuttuu levottomaksi. "Hmm. No. He purjehtivat; ja taistelivat; ja kuolivat kunnianhimojensa puolesta. He elivät muinaista uskoa, jossa mahtavat jumalat asuivat luonnossa. Luulen, että vanhat viikingit saavuttivat oman pelastuksensa rohkeuden ja miehekkyyden kautta: kauan ennen kuin kristityt tulivat ja muuttivat asiat! He ovat nyt vapaita sieluja. Helgafjellissä."

"Tarkoitatko, että heidän jumalansa olivat kuin Loki ja Thor ja Freya, taivaan ja vuorten jumalat? Olen lukenut siitä. Thor hallitsi ja taisteli vasarallaan ja loi ukkosta. Kauan sitten! Oliko se totta? Ovatko he heidän kanssaan nyt, Pappa?"

Taivas pimenee yhtäkkiä, kuin hiilipilvet, äkillisen tuulen ajamina, peittäisivät auringon! Ranta himmenee kuin alamaailmaksi, jopa meri piiloutuu sateen ja pimeyden taakse. Sekä isoisä että poika jäävät äkillisen myrskyn alle, painautuen toisiaan vasten, kun taivas jylisee ja salamoi, pakottaen heidät läheisen kallion luolaan. Ulkona kerran tyyni lahti ulvoo, sen suu painautuneena luolan sisäänkäyntiä vasten, ulvoen! Kauhuissaan lapsi peittää kasvonsa välttääkseen salaman ja kummitusmaiset kaikuäänet. Isoisä kohoaa nyt hänen ylleen, suojellen, hänen silmänsä palavat pimeässä suojassa. Hän katsoo ympärilleen ja sitten alas Kalleen. Hänen jylisevä äänensä nousee selkeänä myrskyn melun yli vaikuttavana mutta kiehtovana.

"Älä pelkää Kalle-poika! Tämä on kuin vanha ahjo - nyt eloton ja kostea, mutta kalliosta tehty linnake. Kerron sinulle tänään salaisuuden, poikani. Kuuntele nyt. Viikingit lepäävät noiden vanhojen jumalien kanssa, mutta heidän ideansa ja tapansa, jopa kielensä, ovat kaikkialla ympärillämme, joskus ajan piilottamina, mutta yhä elävinä ja aistittuina ja ihailtuina harvojen toimesta. Viikingit eivät koskaan pakene, Kalle. He seisovat rohkeasti - taistellakseen. Maailma tarvitsee yhä vahvoja miehiä. Älä pelkää. Sinä olet viikinki, Kalle! Muista se, kyllä, kun olet iso!"

Poika rauhoittuu ja hautaa kasvonsa isoisän takkiin, halaten sitä tiukasti. Maan, puun ja maatilan tuoksu on lohdullinen. Kallen edessä avautuu tiheä talvimetsä, raskaan lumen peitossa. Hän astuu luolaan, ahjoon, jonka tuli ja uuni mustaavat sitä. Pitkät parrakkaat miehet takovat kilpiä valtavilla, rautaisilla alasimilla, jokaisen iskun jyrinä täyttää ahjon. Toiset taas valmistavat rauta- ja teräsaseita, jotka nousevat täydellisinä ja hohtavina tulen ja höyryn keskeltä. Jokainen miekka on kaiverrettu, mutta Kalle ei ymmärrä kirjaimia. Ne ovat sotureiden nimiä, Pappa kuiskaa, ja ne elävät niin kauan kuin aika itse kestää, miekan mukana.

"Viikinkien ansiosta Skandinavia ei ole unohdettu, jäinen nurkkaus pohjoisessa. Muutamalla veneellä, miekalla ja kirveellä he valtasivat Euroopan ikään kuin Thor ja Odin itse olisivat johtaneet jumalallisia legioonia. He raahasivat maailman sodan läpi. Ja sitten lisää sotaa! Se oli tulinen pätsi! Eurooppa valloitettiin ja poltettiin viikinkien tulella! Kokonaiset kansakunnat tukehtuivat heidän valloituksensa savuun. Pienemmät heimot tuotiin viikinkien moukarin alle! Rohkeuden ja veren kautta esi-isämme muovasivat kokonaisia maita, hitsaten yhteen idän ja lännen. Pohjoisen ja etelän. Se kesti, niin kauan kuin mikään valtakunta voi kestää. Kunniapäivät, poikaseni! Kunniapäivät!"

Kun näkymä himmenee hänen silmistään, Kalle tuijottaa toiseen maisemaan, pois ahjosta ja talvisesta metsästä ja ulos myrskyisestä luolasta, jossa hän on suojautunut, nähdäkseen itsensä astuvan räpytellen kirkkaaseen auringonvaloon. Hän yrittää nähdä, miltä näyttää kuin viikinkien pitkävene lahden toisella puolella, sen purjeet ja panssaroidut soturit häikäisevinä, valossa kylpevän veneen olevan juuri siinä, missä kauppa-alus oli. Parrakas päällikkö seisoo komennossa peräsimessä, viittoen Kallea luokseen: mutta poika tuijottaa, hymyilee ja sitten kääntyy pois, kevätauringon häikäisemänä, ja jatkaa matkaa isoisän kanssa pitkin nyt tyynenä olevaa rantaa.

8. MARJARETKELLÄ

Ja niin vuosi 1790 alkoi riittävän hyvin. Jos aikakaudella olisi ollut mahdollisuus nopeaan kansainväliseen uutisvaihtoon, Pohjois-Euroopan tapahtumiin olisi voitu suhtautua paremmin tietäen, mitä etelässä tapahtui. Sodat olisi voitu estää, ihmishenkiä säästää ja vuodesta olisi tullut armollisempi ja lempeämpi kuin mitä se todellisuudessa oli. Mutta vuonna 1790 uutiset saattoivat odottaa, jos ne olivat epämukavia, jopa estettyjä, sillä elämällä, erityisesti vähemmän etuoikeutettujen, oli hyvin vähän merkitystä. Tuona talvena, Itävallassa, Mozart esitti ensi kertaa Cosi fan Tutti -oopperansa, kun taas Englannissa, keväällä, eräs huomattava mies keksi nykyaikaisen kengännauhan. Voisi väitellä taiteen arvosta verrattuna teollisuuden käytännöllisyyteen, mutta lopputulos on selvä; maailma on äänestänyt jaloillaan. Ajan myötä kaikilla on ollut kengännauha tai kymmenen, mutta vain harvoilla on ollut varaa nähdä Cosi fan Tutti. Väistämätön utilitarismin voitto kauneuden yli! Ranskassa kuitenkin onnekkaat harvat olivat nyt vähemmän onnekkaita ja lähtivät, tavalla tai toisella, tullakseen entistä harvemmiksi. Kuningasperhe virui Tuileriesin palatsissa, ja sitten kansalliskokous hyväksyi uuden, humaanin teloitustavan, jonka tohtori Guillotin oli ehdottanut. Pian päät putoaisivat, kuin marjat poimittaisiin Ranskan aateliston kunnioitettavilta varsilta, kun valtio, teollisella tarkkuudella ja *vélocité*lla, julmasti valuttaisi *Ancien Régime*n punaisen nektarin.

Pohjoisessa, kuninkaalliset sotapelit, viaton protokolla, jatkuivat kuten ennenkin, vähemmän huolestuneina Ranskan ylle kerääntyvistä pilvistä. Ruotsin ja Venäjän yllä oli aina pilviä, konkreettisia katoksia roikkui Pohjoismaiden yllä, synkkiä ja uhkaavia, mutta kun ne vuotivat lunta, niitä pidettiin siunauksina, joita väsyneet vangit alhaalla tervehtivät helpotuksella - ei, vilpittömällä ilolla! Näin Luonto omalla leikkisällä tavallaan voittaa alistettujen suostumuksen ja nöyrän uskollisuuden. Niinpä se, mitä Ruotsissa kutsutaan Kustaa III Venäjän sodaksi ja Venäjällä Katariina II Ruotsin sodaksi, kumpikin serkku ikään kuin jalkaansa to selleen polkien, taisteltiin enimmäkseen Suomessa tai sen läheisyydessä, kunnes nuo ranskalaiset myrskyt puhalsivat liian voimakkaasti ja varoittivat pahemmasta myrskystä, joka suistaisi mo emmat osapuolet pois kurssiltaan. Ruotsin suurin koskaan saavuttama merivoitto Svensksundissa sinä vuonna ei tuonut maa le tuumaakaan uutta aluetta, ja Kustaa, liian kiireisenä tämän tuhlailevan sodan kanssa, joutui hylkäämään suunnitelmansa suuresta imperiumista ja suuremmista rikkauksista - Australian kultaisessa lännessä. Ei tuumaakaan Venäjää valloitettu. Ei tuumaakaar. Ja hän menetti Australian! Euroopan kasvot muuttuisivat to stuvasti seuraavien vuosikymmenten aikana, mutta ei ruhtinaall sen kiukunpuuskan vuoksi, vaan kansainvälisen vallankumouksen myötä. Niinpä, peli ohi, ruotsalainen Kustaa kohautti olkapäitään ja hymyili ärsyyntyneelle venäläiselle serkulleen, "Unohda sota kuin ohimenevä pilvi". Kuitenkaan kesän aurinko ei koskaan voinut koskettaa tai lämmittää köyhien, kylmien, kaatuneiden miesten poskia.

Hyperion loisti valkoisena Uddevallan yllä sinä kesänä, kuten aina ennenkin. Hän maalasi lahden säihkyvän koboltinsiniseksi ja kaupungin ulkopuolella sijaitsevat palatsimaiset metsät beryllinvihreiksi, peittäen ne kasvavan marjasadon kirjailtuihin rubiineihin ja ametisteihin. Tämä loisto on houkutellut pohjoismaalaisia aikojen alusta lähtien, kävelemään, keräämään ruokaa ja telmimään lyhyessä Eedenissään, jumalien palkintona pitkien kylmien kuukausien aikana kestetyistä vaikeuksista. Heinäkuuhun mennessä, kuten joka vuosi, koivut, saarnit ja tammet seisoivat vehreissä vaatteissaan, ylpeinä vertaisinaan ympärillään kohoaville ikivihreille puille. Auringonvalo lankesi vain laikkuina, niin täynnä olivat lehtevät oksat, tehden laikullisesta metsästä yhtä aikaa kutsuvan ja kammottavan Svenssonien lapsille, Marialle ja Kallelle, jotka tulivat eräänä päivänä poimimaan marjoja, kuten perinteeseen kuului, noin mailin päässä kaupungista. He olisivat yksin, sillä isä oli kuollut yllättäen talvella.

Kalle, nyt kymmenvuotias, poimi marjoja paidatta, hänen kehonsa päivettyneenä jatkuvasta uimisesta ja auringonotosta lahdella, sekä ulkoleikeistä veljensä ja ystäviensä kanssa. Kuusitoistavuotias Maria oli kaunotar, tietämättään, pukeutuneena kuten muutkin köyhemmät tytöt valkoiseen puseroon ja yksinkertaiseen pellavahameeseen, jota suojasi hänen itse tekemänsä esiliina. Mustikoiden poimiminen oli kuumaa ja tahmeaa työtä, ja Maria oli siirtänyt huivinsa taaksepäin, sillä hiki, kärpäset ja itsepintaiset hyttyset ärsyttivät. Hänen kasvonsa olivat punertuneet jatkuvasta kumartelusta ja kuumuudesta, ja hänen pitkät pellavansävyiset hiuksensa oli koristeltu voikukilla, orvokeilla ja päivänkakkaroilla, joita hän oli kerännyt metsästä. Hän oli avannut puseronsa nappeja hieman lievittääkseen keskipäivän kuumuutta, ja hänen rintansa näkyivät puoliksi, levottomina, hankautuen puuvillaa vasten hänen kumartuessaan poimimaan. Hän ja Kalle söivät samalla kun poimivat, suut ja vaatteet pian röyhkeiden violettien tahrojen peitossa ahneuden todisteina! He olivat paljain jaloin ja kantoivat suuria lehdillä vuorattuja tuohikoreja, joihin he keräsivät sadon. Muutaman tunnin jälkeen korit olivat jo puolillaan, sisarusten kilpaillessa siitä, kumpi keräisi enemmän. Ympärillä metsän hiljaisuutta rikkoivat vain linnunlaulu tai oravan rapina, tai heidän omien ääntensä kaiku, kun he hyräilivät hetken ja huutelivat toisilleen runsaan marjapaikan löytämisen ilosta. Iloiten he leikkivät ja nauttivat Jumalan hyvästä puutarhasta. Maria lausui: "Täällä... Kalle! Täällä on kokonainen kasa! "

"Jaaha. No... täälläkin on paljon!" Kalle poimi laiskasti ja täytti suunsa mustikoilla. "Olisipa Sven... Sven tullut mukaan. Apua tarvittaisiin. Nämä pensaat ovat aivan täynnä... Kuule, täällä on hyvä paikka, Maria!" Hän hyräili itsekseen poimiessaan ja läimäytteli käsivarsiaan ja kasvojaan ajaessaan pois ympärillä parveilevia kärpäsiä.

"No, täällä on kokonainen kasa", huusi Maria. "Oi... vielä enemmän!

Hän huomasi lähettyvillä syövän jäniksen ja laski korinsa maahan, lähestyen sitä varovasti, ja juoksi sen perään jäniksen loikkiessa pois, sen kieltäytyessä epäsuorasti illalliskutsusta Svenssoneille. Jänis katosi metsän aluskasvillisuuteen, ja Maria huomasi olevansa kaukana Kallesta metsässä, joka oli synkempi. Vain yksi lintu lauloi, ja täällä kasvoi enemmän mäntyjä ja kuusia kuin muualla. Hän kääntyi takaisin, vastentahtoisesti, kävellen ensin reippaasti, sitten juosten, vilkaisten olan yli itseänsä tyynnyttääkseen. Maria jatkoi poimimista, vaikka Kalle oli nyt siirtynyt kauemmas, ja hänen äänensä kuului yhä heikommn. Ilma surisi ja kuiskaili epämiellyttävästi, kuin se olisi täynnä kärpäsiä ja hyttysiä.

"Olisipa Sven tullut. Maria? Tarvitsisimme apua täällä - tänä vuonna on niin paljon marjoja! Sven voisi tehdä töitä jonain muuna päivänä... Miksi hänen täytyy tehdä töitä juuri tänään?"

Maria jatkoi poimimista polvillaan, hikoillen juoksusta a työskentelyn kuumuudesta. Hyttyset vetäytyivät hänen luokseen, niiden surina ja puremat olivat väistämättömiä. Ärsyttävää! Kuten tytöt houkuttelevat kurittomia kärpäsiä, nämäkin ryömivät hänen ylitseen, Marian kasvoja ja käsiä tahriva makea mehu houkuttimenaan. Ne kutittivat pirullisesti, röyhkeästi läheisinä, ryömivät, himoiten, irstaasti suristen. Ne nautiskelivat hänen niskastaan ja poskistaan, ryömien hänen nenäänsä pitkin ja imien sylkeä hänen huuliensa sisältä. Maria nousi yhtäkkiä ylös turhautuneena, läähättäen, juodakseen juomapullostaan ja roiskuttaakseen vettä kasvoilleen ja niskaansa, kiitollisena viileän veden tarjoamasta virkistyksestä, ja samalla huitoen inhottavia kärpäsiä pois. Hän vastasi lopulta Kallelle.

"No, se oli sama viime kesänä. Hän vihaa tätä hommaa. ... Ja nyt erityisesti. Sen jälkeen, kun hän alkoi työskennellä kartanolla... Jos se nyt edes on työtä... mitä hän tekee... Näemme häntä tuskin koskaan. Mutta minä pidän tästä... Äiti ja minä leivomme kuumia, erittäin maukkaita... mustikkatorttuja. Ja hän voi katsella, kun me syömme. Sven ei saa muruakaan!" Hän nauroi ääneen, pyyhkäisten hiussuortuvan kasvoiltaan, kuvitellen hellästi veljensä harmistusta.

"Ja hän tulee valittamaan, että ei saanut syödä niitä. Niin laiska, hitto soikoon! Menen tänne... alas... tänne... katso! Täälläkin on paljon marjoja, Maria!"

"Kalle, et saa kiroilla! Kerron äidille, jos teet niin uudestaan! Hänellä on tarpeeksi huolia isän poismenon jälkeen, tiedäthän, ilman sinun huonoa käytöstäsi." Tyttö nousi seisomaan ja venytteli. "Minulla on niin ikävä häntä, Kalle... Muistatko, kun olimme täällä joka vuosi, keräämässä marjoja isän ja Svenin kanssa? Keräsimme paljon... Tuntuu ikuisuudelta. Kalle? Kalle hei? ... Piiloudutko sinä? ... Voi, katso! Metsämansikoita! Voi, rakastan metsämansikoita!"

Maria laskeutui kyykkyyn ja poimi pieniä metsämansikoita, jotka piiloutuivat isompien lehtien alle. Nämä olivat parhaita kaikista, hän ajatteli syödessään, ja muutamat mehukkaat marjat päätyivät hänen esiliinansa taskuun. Silloin juuri hän kuuli jotain liikahtavan takanaan. Hän säpsähti ja kääntyi ympäri nähdäkseen kaksi hymyilevää nuorukaista seisomassa hänen yllään. Maria nousi ja perääntyi. He olivat molemmat hyvin vaaleita ja pukeutuneet hienostuneesti - selvästi herrasmiehiä. Nuorukaisilla oli olallaan riistalaukut, vyöllään metsästyspuukot ja toisella oli musketti. He tuijottivat Mariaa. Pelästynyt tyttö kiersi heidän ohitseen saadakseen etäisyyttä heihin, punastuen typeryyttään säikähtäessään niin kovasti. Vanhempi nuorukaisista kumarsi, kosketti lakkiaan ja tervehti häntä ystävällisesti hymyillen.

"Hej! Hyvää päivää! Ehkä tunnet meidät. Ainakin vuosien takaa. Minä olen Gunnar ja tämä on nuorempi veljeni, David. David, sano 'hyvää päivää'.'

David tervehti Mariaa kohteliaasti ja riisui laukkunsa. "Ja, hyvää päivää! Meillä ei ole ollut kovin hyvää onnea tänään." Hän nauroi ja nosti esiin saaliinsa, yksinäisen velton jäniksen.

Gunnar jatkoi, "Olen nähnyt sinut kaupungilla, torilla ja kirkossa, joskus. Me olemme Bäckströmin kartanosta. Bäckströmir pojat!" Hän pysähtyi katsomaan. "Sinulla on kaksi veljeä, eikö niin? Oletko sinä, er, Svenssonin tytär, etkö olekin, ja?"

Maria katseli ympärilleen, punastuen vaatimattomasti. "Olen."

David puhui nyt. "Tunnemme veljesi, nuoren Svenin. Hän työskentelee meille. No, isällemme. Emme näe häntä kovin usein. Hieno poika kyllä. Sven! Isäni halusi auttaa, ymmärräthän. Kun isänne kuoli. Kuulimme, että isänne oli menehtynyt."

"Entä sitten, herra? Onko teillä jotain kerrottavaa Svenistä?"

Gunnar puhui kevyesti: "Oh ei, vain että tunnemme perheesi. Ja, er, perheesi, no, tuntee meidät! Hah! Kuinka kummallista kuitenkin, että tapaamme sinut täällä. Näin isossa, yksinäisessä metsässä ja vain törmäämme sinuun? Eräänlainen kohtalo... sattuma. Mutta olemme tietysti lähellä Uddevallan mahtavaa metropolia, Ruotsissa. Vai olemmeko nyt Uddevallan mahtava metropoli, Norjassa? David? Häh? Ruotsi, Norja; Norja, Ruotsi! Huh! Täällä asiat muuttuvat jatkuvasti - kaikki nuo kirotut invaasiot! Luulisi, että vallanpitäjät päättäisivät jo. Vai mitä, David?" Hän pudisti päätään teeskennellen epätoivoa, ja Maria hymyili ensimmäistä kertaa heidän tapaamisensa jälkeen.

Maria siirtyi hieman, kun David siirtyi lähemmäs häntä, nojaten huolettomasti puuhun ja pyyhkien otsaansa koristeellisella nenäliinalla. Hän näytti vähemmän atleettiselta metsästäjältä kuin hänen kaimansa varmasti oli, mutta noudatti vanhemman veljensä toivetta osallistua miehisiin harrastuksiin Ruotsin metsissä ja pelloilla. Hän nyökkäsi.

"Ja, niin luulisi, veli", hän nauroi. "Nämä länsirannikon satamat vaihtavat omistajaa kuin mikäkin tavallinen muta, lapio kerrallaan! Lapioidaan puolelta toiselle. Eikä kukaan meistä kunnon herrasmiehistä ja -naisista, eikä köyhät talonpojat, kuten tämä tyttö, tiedä mihin sydämemme kuuluvat. Eikä kai minne meidän mutammekaan kuuluu, mitä! Likainen asia tämä politiikka. Kirotun likainen!" Hän nauroi, tyytyväisenä omaan nokkeluuteensa.

Gunnar kumartui poimimaan marjoja ja puhui samalla syöden: "Veli, niin nuoreksi, ilmaiset asioiden laidan erinomaisesti. Bravo! Hyvin sanottu!" Hän hivuttautui lähemmäs Mariaa, joka oli nyt kahden miehen välissä epämukavasti. "Ja sinun nimesi, neiti, on?"

"Nimeni, herra, on oma asiani. Ja nyt minun täytyy mennä!" Maria aikoi lähteä, mutta Gunnar tarttui hänen käteensä ja veti hänet takaisin. "Äitini odottaa meitä näiden mustikoiden kanssa. Olkaa niin hyvä ja sallikaa minun mennä, sillä minulla cn kiire. Hyvää päivää teille, herrat!"

Gunnar jatkoi hänen kätensä pitämistä ja puristi sitä lujasti, ohjaten häntä istumaan lähelle itseään, lepäämään koivua vasten. Hän puhui pehmeästi: "Tiedätkö, täällä on niin ihanan idyllistä. Ja me olemme nyt, um..., ystäviä, oikeastaan, perheen tuttavuuden kautta ja niin edelleen. Mitäpä tuumaat tästä! Autamme sinua poimimaan marjoja, täytämme vanhan korin ja saatamme sinut turvallisesti takaisin. Mitä sanot? Mustikoiden poimiminen on kovaa työtä ja, no, me tarvitsemme hieman kovaa työtä! Eikö niin, David? Kyllä, David on samaa mieltä. No niin, kori! David, auta Fröken Svenssonia poimimaan marjoja, hyvä poika."

David hymyili kohteliaasti ja, koska hänen veljensä ei liikahtanut, otti korin ja siirtyi muutaman askeleen päähän poimimaan marjoja. Hän kääntyi puhuakseen, mutta kompastui ja horjahti, kunnes kaatui suoraan Marian toiselle puolelle. Hän nauroi nolostuneena, sillä kori oli nyt kaatunut ja sadat marjat olivat levinneet sammaleen ja mullan sekaan metsänpohjalla. Maria aikoi nousta jälleen, mutta Gunnar ja David huudahtivat järkyttyneinä ja pyytelivät anteeksi, vaativat häntä jäämään, koska he keräisvät pudonneet marjat.

"Pyydän anteeksi! Todella! Kirottu huolimattomuuteni. Voi helvetti! Kerään ne itse. Gunnar, voitko ojentaa korin? Laitan nämä tähän alkuunsa."

Gunnar kumartui Marian syliin poimiakseen korin ja jäljellä olevat marjat. "Miten laiska idiootti oletkaan joskus, David! Melkein yhtä huono kuin tuo sinun veljesi, tyttö. Sven. Isä pitää häntä siellä vain hyväntahtoisuudesta. Sanoi tässä päivänä eräänä -

'Olisin paremmassa tilanteessa ilman häntä talven tullen'. Mutta minä sanoin, sanoin, 'Isä, hän oppii ajan myötä työskentelemään tilalla ja talossa. Ole vain kärsivällinen.' Ja isä suostui. Hän vain suostui!"

David katsoi veljeään ihaillen. "Olet hyvä sielu, Gunnar. Hyvä mies. Siunattu hyvällä sydämellä. Puhuit Svenin puolesta? Miten ajattelevainen. Voi hyvänen aika!"

Gunnar katsoi poispäin, hymyillen ujosti ja lähestyi Mariaa puhuakseen. Tyttö, lähes kyynelissä, jähmettyi. Hän tuijotti maata ja levinneitä marjoja. Gunnar jatkoi: "Rukoilen joka päivä, että minulla olisi se sydän, jonka Jumala haluaa minun omaavan. Ja sinun tulee tehdä samoin, veli. Ja näyttää siltä, että rukoukseni on kuultu!"

Gunnar veti metsästystakistaan esiin pullon paikallista vodkaa, brännviniä. Molemmat veljet joivat ja tarjosivat Mariallekin, mutta tämä kieltäytyi. Viina poltti ja vahvisti. Gunnarin vapaa käsi liukui Marian polvelle, nostaen hitaasti hänen hamettaan ja hieroen hitaasti. Hän katsoi Mariaa räpäyttämättä silmiään, suu auki ja kieli hieroen alahuulen sisäpuolta. Tyttö käänsi katseensa pois, vapisten. Käsivarsi liukui alas hänen nilkalleen, hyväili hänen varpaitaan ja sitten, edelleen hitaasti hieroen, nousi ylöspäin. Maria työnsi käden pois, mutta Gunnar nousi, kääntyi hänen puoleensa ja kätki pullon voidakseen tarttua hänen jalkaansa. Hän kuiskasi Marialle, että tämä rauhoittuisi ja antaisi hänen tehdä mitä tahtoi. Hän alkoi nostaa tytön hametta. Työnnettyään Gunnarin käsivarren pois, Maria nousi ylös, mutta hänet pakotettiin takaisin alas. Pelko muuttui nyt raivoksi! Hän löi, huusi, hakkasi ja potki, raivon vallassa, hänen äänensä kaikuen välinpitämättömässä metsässä. David juoksi paikalle ja tarttui häntä niskasta ja käsivarresta, painaen Marian puuta vasten lähes avuttomaksi. Maria onnistui kuitenkin vapauttamaan jalkansa ja potkaisi Gunnaria, joka kiljaisi äkillisestä kivusta, kiroten humalassa:

"Kristuksen tähden! Helvetin huora! Olemme metsästäneet koko päivän huonolla onnella. Varmasti... voit auttaa nälkäistä miestä? David - ei niin kovaa! Ole lempeämpi huoran kanssa! Aikamoinen villikko, meidän Fröken Svensson. Tarvitsee - suostuttelua, ennen kuin teemme itsellemme miellyttävän ratsun. Ah, mustikoiden poimiminen! Violetti sopii sinulle niin hyvin. Runollisen maalaismainen. Raa'asti alkukantainen. Primitiivinen!" Hän alkoi repiä tytön puseroa. "Alusvaatteet, David, hyvä mies! Kuule tätä nautinnon runoutta! Tiedätkö tämän? 'Mutta sinä olet niin pehmeä; Rakkaani, Ihosi on tyyny... sen tuoksu, kuin itkuiner paju! Missä rakastava mies voi istua, ja vapaasti siellä ottaa'...er. Oh, nyt, loput! David? David?"

Pidellen Mariaa aloillaan, David ajatteli nopeasti. "Ottaa, paska?"

Nuorukaiset hohottivat, lähes tokkurassa. Gunnar puhui lopulta: "Ahh, ei, ei! Ei ihan nyt, David! Tässä... mene ja sido hänen molemmat kätensä: puuhun, herran tähden! Puuhun, mies! Minä otan hänen jalkansa... noin. Shhh, neiti! Hiljaa! Tämä on meille molemmille herkkua. Rauha, rauha, pikku tamma... Olet tehnyt velvolliset naiselliset vastalauseet. *Audibilis*! *Laudabilis*! Nyt vähän Bäckströmin rivoilua?" Pojat nauroivat edelleen, kun David otti esiin narua ja sitoi Marian kädet koivuun. Gunnar istui Marian reisien päällä, ja vaikka molemmat pojat olivat hikisiä ja hengästyneitä, Gunnar jatkoi pilkkaamista. "Ei tarpeeksi latinaa sinulle, vastustelusta päätellen. Lopeta kiemurtelu! Pysy vain paikoillasi!"

Epätoivoissaan Maria kutsui nuorempaa veljeään, mitä hän ei ollut halunnut tehdä aikaisemmin. "Antakaa minun mennä, roistot! Antakaa minun mennä! Kalle, Kalle! Apua! Tule auttamaan, Kalle! Herranjumala! Jeesus Kristus! Ei, pyydän. Kalle, nopeasti!"

Gunnar siirtyi takaisin Marian päälle, painaen hänet alas painollaan, tarttui häneen, kumartui alas suutelemaan. David, työnsä tehtyään, meni veljensä taakse juomaan ja Marian pakoyrityksiä pidättelemään, saappaallaan Marian sääreen potkaisemalla. Maria huusi tuskissaan ja murtui, itkien, puoliksi anellen ja puoliksi nyyhkyttäen, kouristuva jalka verta vuotaen. Pian hän makasi hiljaa, aurinkoa korkealla tuijottaen. Gunnar työskenteli tuloksettomana. Tyttö oli välinpitämätön narttu! Sekunnit tuntuivat minuuteilta, kunnes, kuin huumattuna, Maria kuuli jonkun juoksevan ja Kalle alkoi kutsumaan. Bäckströmin pojat virnistivät pilkallisesti, ja David juoksi tukkimaan käsillään Kallen tien. "No jopas jotain! Rohkea Valkoinen Ritari saapuu ratsastaen, tyttö. Ja, oh, melko pieni, sanoisin! Pikku ritari saapuu lännestä, Gunnar!"

"Ilman hevostaan, siltä näyttää. Voi voi. Ei kummoistakaan pelastusta tarjolla sinulle tänään, neitoseni. Ruotsin ritarillisuuden aika on selkeästi ohi. Pojat, hei! Täällä..."

Kalle huusi kaikilla voimillaan: "Maria! Maria! Päästäkää hänet! Päästäkää! Kerron isällenne! Päästäkää minut ohi, bastardit!" Kalle pieksi ilkkuvaa Davidia. "Kerron teidän isälle ja äidille! Saatana! Kerron koko kaupungille ja kirkkoherralle! Saatana! Päästä ohi! Nyt! Vapauttakaa hänet! Te äpärät! Kuinka te voitte?"

Mutta David heitti Kallen maahan. Taisteluun sekoittui huutoa, hävyttömyyksiä ja Marian aneluita, poika pian naama maassa kädet sivuilleen kiinnitettyinä, David päällään, hihittäen ja päätään lyöden. Gunnar huomasi mahdollisuuden, nousi ja poimi pienen kiven, hyppyytteli sitä kädessään, poikaa lähestyessään. Nähdessään, mitä tulisi tapahtumaan, Maria huusi ja aneli säälittävästi, nyt tarjoten itseään. Gunnar heitti kiven pois, mutta oli järkyttänyt lapsen hiljaisuuteen.

"Melkoinen pieni soturi tämä veljesi, Maria Svensson! Ihailtavaa! Minun pikkuveljeni vuotaa verta pienen veljesi vuoksi – Kalleksi häntä kutsuit! No, sanonpa mitä teemme. Annamme innostuneiden, päättäväisten, himokkaiden nuorempien sisarustemme leikkiä omia lapsellisia leikkejään. Niinhän? David, varmista, että hän näkee kaiken! Sinä, 'Maria', Neitsyt Maria? Kuka voisi tietää metsästysonneansa? Mitä sanot? Maria ja minä harjoitamme hienostunutta urheiluamme, David. Eikö vain…? Siinä tyttö…"

Hän joi kiireisesti, yököten kiireessään, ja nousi uudelleen Marian päälle, repien loputkin vaatteet hänen päältään, hyräillen kuin aloittaessaan tuttua tehtävää – kalan valmistelua tai vasta surmatun peuran nylkemistä. Hän nojasi taaksepäin ihaillakseen metsästyssaalistaan, valloitettua ja nyt kokonaan paljastettua.

David laski housujaan yhdellä kädellä ja piti Kallesta kiinni toisella. "Kauan eläköön kunigas Kutaa! Kauan eläköön ruotsalaiset neitsyet! Meillä on metsästysonni kanssamme tänään, veli. Jän s, ja nyt huora! Ja minulla hinttari… Shsh, shsh! Hiljaa! Ratsastakaamme, Gunnar… Ruotsin kunniaksi!"

Kalle käänsi päänsä pois, silmät sulkien. Hän rimpuili. "Eläin! Äpärä! Vapauta siskoni. Päästä minut irti. Kerron kaikille. Saatana! Panen teidät maksamaan! Te kirotut maksatte!"

Gunnar huohotti Kalleen katsoessaan. David riisui poikaa. "En luule niin. Olet liian nuori kiroilemaan, poika! Ihmiset eivät välitä, sen huomaat. Eivät halua harmeja. Eivät ainakaan kaltaistemme kanssa! Tehty nyt, sitten, unohdettu. Niin Kalle, paras unohdettuna. Nyt, missä olimmekaan! Ah, niin, tulemme satamaan!"

Gunnar painautui kiinni Mariaan ja suuteli häntä intohimoisesti. "Tiedätkös, Maria, uskon tulevani kartoittamattomille alueille, ennen purjehtimattomille! Uusille alueille... aaah..."

Marian rukoukset, säälittävistä säälittävimmät, tarttuivat iltapäivän kirkkauden verkkoon, leijuivat ylös, aina hiljaisempina, hahmottuen elegisinä hänen alistuessaan, sekoittuen metsän lehvien huokauksiin. "Kalle. Auta! Lopeta... Auta Jumala! Auta minua Jeesus, Taivas, ole armollinen!" Enkelimäiset pilvet ilmestyivät ja pysähtyivät, pysyen hetken paikoillaan tuoksunsa ympäröiminä. Ne itkivät myötätunnosta, heidän kyyneleensä kostuttivat metsää, mutta hiljalleen ne jatkoivat matkaansa rauhallisesti.

****

Ikään kuin maailma olisi järkähtänyt, äkisti lakannut viattomasta pyörteestään, pysähtyen Titanin käden toimesta, joka sitten leikkisästi väänsi sen pyörimään vastakkaiseen suuntaan, kuolevaiset huimaavassa mäntymetsässä sinä iltapäivänä heitettiin maahan raskaina huimauksesta, juopuneina myös heidän kohtaamistaan vaivoista ja synkistä synneistä. Yksi toisensa jälkeen makasi kuin kuolleena. Auringonvalossa kylpevät puut pyörivät heidän ympärillään, karkea huvipuisto nautintoja, huutoja ja pilkkaa, lihallisen juhlan kasvot, jotka kahdelle lapselle toivat vain kauheita ja väistämättömiä muistoja. Iltapäivän unelias usva ja liiallinen vodka valtasivat lopulta ryhmän, kukistaen aistit. Välinpitämättömänä Luonto antoi heidän nukkua häiritsemättä, männyn ja koivun unettava tuoksu helpottaen nyt kidutettuja mieliä ja etäännyttäen hetkellisesti aiempien hetkien tapahtumat.

Gunnar oli ensimmäinen, joka heräsi. Hän pukeutui hitaasti, sormensa kammaten oksia ja maata pois hiuksistaan. Hän puhui unisella venytyksellä.

"Jaa, David. Nouse ylös mies. David! Ylös! Olemme valmiita. Kaikki valmista nyt. Hei sitten. Hei hei! Tulkaa! Meidär täytyy päästä takaisin kotiin. Herätkää kaikki!" Hän meni Marian luo ja tökkäsi tätä saappaallaan. Maria nousi ja perääntyi. Gunnar seurasi häntä, kasvot vakavina. Tarttuen häntä leuasta, hän tuijotti Marian tylsistyneisiin silmiin.

"Olen valmis täällä. Hae veljesi ja mene! Kaikilla oli varmasti hauskaa, siitä olet varmasti samaa mieltä. Kalle, sinä pysyt - hiljaa. Ei sanaakaan kenellekään. Nyt sinä, huora! Sinä, huora! Parasta olla mainitsematta tätä kenellekään elävälle sielulle! Ymmärrätkö? Sven... hän tarvitsee sitä työtä ja niin edelleen. Yksik n sana tästä... ja tapan teidät molemmat. Isolla pyssylläni Joten, shhh! Ei kenellekään! He eivät tiedä! He eivät välitä. Muista. Sven!"

"Kyllä herra." Hänen huulensa raottuivat, mutta sanojen muodostaminen aiheutti liikaa kipua, joten hän sai aikaan vain muminaa. Hänen kasvonsa ja vartalonsa olivat haavoittuneet, ja hänen hiuksensa olivat takkuiset verestä, mehusta ja lehdistä.

"Ikuisesti, ymmärrätkö?" "Kyllä herra." Tyttö nyökkäsi tuskin huomattavasti.

Gunnar nosti ylös raskassilmäisen, virnuilevan Davidin. Nuorempi poika horjahti, laittoi sormensa huulilleen ja sanoi: "SSShhhh...!" Hän veti housunsa jalkaansa, otti pyssyn ja metsästyslaukkunsa, ja yhdessä veljensä kanssa he kävelivät polkua pitkin pois näkyvistä. Vain kaukainen nauru kertoi heidän läsnäolostaan metsässä, mutta sekin katosi synkkään vihreyteen. Ajan myötä lapset seisoivat yksin, Maria nyyhkyttäen hiljaa, pitäen toisiaan kädestä kiinni ja katsellen tyhjää polkua, joka johti ulos metsästä.

9. KIRKOSSA

Kirkon kellotapuli oli juuri lopettanut keskipäivän soiton, jonka kaikua kuului yhä kaupungin ylitse ja lahdelmalle, kantautuen satamalle tyypillisissä tuulissa ja pyörteissä. Isot kellot muistuttivat kaupunkia ajasta, mutta myös rukousvelvollisuuksista Jumalan edessä. St. Agnes Mountin tornin korkea läsnäolo oli varmasti yhtä korkea kuin kaupungin asukkaiden kunnioitus sekä paikallista että kansallista luterilaista kirkkoa kohtaan, sillä juuri nämä, enemmän kuin mitkään muut instituutiot, muovasivat heidän elämäänsä ja vahvistivat heidän toiveitaan. Ei toisin kuin roomalainen, joka antoi sille nimen, St. Agnes Mountin torni seisoi vahvana mutta yksinäisenä, se nähtiin järkähtämättömänä Jumalan palveluksessa ja tarkkuudessa, taipumattomana riippumatta siitä, mitä muu maailma saattoi olla. Kirkkoherra, pastori Larsen, oli iäkäs, jotkut sanoisivat ankara hahmo, joka kuitenkin ruumiillisti kaiken, mikä oli oikein kirkolle ja siten oikein kaupungille, ja jonka puoleen Uddevallan uskovaiset saattoivat kääntyä epävarmuuden hetkinä. Hän oli palvellut tässä seurakunnassa jo ennen kuin nykyinen kellotorni oli edes rakennettu. Laiha mutta ei heikko, yhä kirkaskatseinen ja vuosistaan huolimatta määrätietoinen pastori Larsen tunsi Uddevallan paremmin kuin Uddevalla koskaan voisi toivoa tuntevansa itseään. Hänen omistautunut ja rukouksellinen palvelutyönsä oli tullut paikalliseksi legendaksi, ei vain sen pitkäikäisyyden vuoksi, vaan enemmänkin hänen henkilökohtaisen läsnäolonsa graniittisen vahvuuden ja hänen viikoittaisten, peruskivestä veistettyjen saarnojensa vuoksi, joita oli jaettu sunnuntaista sunnuntaihin vastaanottaville, näin muodostaen monille kaupungin olemassaolon kestävimmän elementin.

Iltapäivä oli pilvinen ja sateinen, tuuletkin olivat kylmiä, mikä oli epämiellyttävä kontrasti muuten leutoon kesään. Aurinkoisten säiden ailahtelevuus saa pohjoiset maat, joissa ilma on luonnostaan viileämpää, muuttumaan itsessään pahantuulisiksi ja nopeasti kylmemmiksi, ikään kuin ei olisi heinäkuu vaan äkillinen syyskuu! Sateen läpi, nousten metsäpolkua ylös kirkolle, tuli Hanne Svensson, johtaen Kallea kädestä kohti Sankt Annan kirkon vaikuttavaa ovea. Ovi oli korkea ja raskas, kivinen, ei vain nimellisesti; tai siltä se Hannesta sinä päivänä tuntui. Hän käänsi rautakranssia, joka nosti sisäpuolen salvan, ja hengästyneenä, hauraana, astui niukasti valaistuun sisätilaan. Ovi sulkeutui jylisevästi, herättäen sen lopullisuuden tunteen, jonka ihmiset kokevat sulkiessaan maailman ulkopuolelleen astuessaan Jumalan talon hiljaiseen juhlallisuuteen, mutta joskus myös huomaten, että he samalla sulkevat itsensä sisään. Hannen ja Kallen askeleet kaikuivat paljailla lankuilla, julistaen edelleen heidän saapumisensa tyhjään kirkkoon, jossa kaukana hämärässä paloi yhä joitakin kynttilöitä, keskipäivän rukousten haihtuvia jäärteitä ja ainoa valo, lukuun ottamatta synkkiä säteitä, jotka vaarivat rakennuksen lasimaalauksissa.

Sankt Annan kirkko oli rakennettu ristikirkon muotoon noin sata kolmekymmentä vuotta aiemmin ja kuten voisi odottaa pohjoiselta protestanttiselta palvontapaikalta, sen koristelu oli niukkaa, tarkoituksella pidättyväistä. Kirkkosali oli pilaroitu tekokivipylväillä, pitkät pylväät nostivat katseen ylös korkealle urkuparvelle, messinkikruunuin koristellulle kattorakenteelle ja kummallakin puolella oleville parville. Näillä parvilla roikkui haalistuneita mutta yhä erottuvia taiteettomia kuvia Kristuksen kahdestatoista opetuslapsesta, ja kun katse pettyi niihin, se kääntyi toiseen suuntaan, kuoriin, ja siitä alttarille, jossa oli suuri öljyvärimaalaus parusiasta, täynnä pilviä ja enkeleitä ja serafien kunniaa, kuitenkin täytyy sanoa, ei ylimielisesti. Tämä adventti, vaikka sitä oli julistettu jo noin 1700 vuotta sekä totuudenmukaisena että välittömänä, ei ollutkaan, lupauksista huolimatta, 1700-luvun loppuun mennessä toteutunut, mikä oli onneksi jäänyt huomaamatta sekä taiteilijalta että seurakunnalta. Jatkuvuus, pikemminkin kuin häiriö, näytti olevan jokaisen siveltimenvedon tavoite. Ja jokaisen jäsenen! Tutummat, tosiasialliset tapahtumat tuotiin yhteiseen mieleen useilla mallilaivoilla, jotka oli upeasti rakennettu ja ripustettu melko matalalle kuorin ja myös eteläisen päädyssä olevan suojan katosta. Uddevallan kauppiaita ja sotilasmerimiehiä oli näin kunnioitettu heidän palveluksestaan ja ajoittaisesta sankarillisuudestaan ja heidät muistettiin myös osittain avattujen sotilaslippujen kautta, jotka seisoivat pohjois- ja eteläisen poikkikäytävän seinillä, risaisina mutta kaunopuheisina. Seurakunnan vasemmalla puolella, pieni porraskäytävä johti katolliseen saarnatuoliin, puiseen, mutta myös vaatimattomasti marmoroituun, jossa oli yksinkertaisella pulpitilla verhottu lukupulpetti, johon pyhät kirjoitukset asetettaisiin, avattaisiin ja joita pastori Larsen selittäisi. Oli harvinaista, että kirkko kuuli toista ääntä. Rektori oli mustasukkainen saarnatuolistaan ja oli vartioinut sitä hyvin. Papillinen yksimielisyys oli taattu.

Lähellä saarnatuolia oli sakastin ovi, ja siitä pastori Larsen astui ulos nähdäkseen, kuka oli juuri saapunut. Pitkänä ja mustiin pukeutuneena hän kurkisti alas kirkkosaliin, ja odotti, Hannen kävellessä häntä kohti, käsi Kallen olalla. Kun Hanne lähestyi, hän kumarsi päätään ja tervehti pappia kevyellä hymyllä. Kalle livahti penkille hänen taakseen. Nyt Hanne seisoi yksin hänen edessään, pienikokoisena ja alistuneena, kuin katumuksentekijä, joka on valmis tunnustamaan hänen moraalisen auktoriteettinsa edessä. Hän ponnisteli löytääkseen sanat, jotka olivat entistä vaikeampia lausua Larsenin hiljaisen katseen alla. Lopulta äiti löysi kielensä ja kertoi metsässä tapahtuneesta rikoksesta ja hänen tyttärensä Marian nykyisestä kärsimyksestä. Hän seisoi koottuna, kasvot kireinä, paljastaen syvää surua. Hän jatkoi, huolimatta kauheasta tarinasta, jonka hän toi välinpitämättömän pastorin eteen. Pastori kuunteli tarkasti, niin kauan kuin hän puhui. Kirkko on aina osannut kuunnella, ja enkelit kirkkosalissa eivät olleet koskaan tuntuneet Hannesta niin lempeiltä kuin nyt.

"...Minulla ei ole syytä ajatella, että asiat olisivat tapahtuneet toisin kuin minulle on kerrottu. Lapseni eivät valehtele! Tämä pitäisi viedä viranomaisille, mutta... Se on rikos ja hirveä synti, pastori! Vetoan teihin. Auttakaa meitä. Tässä täytyy... Tälle täytyy saada oikeutta. Ja pienelle pojalleni, joka istuu tuolla! Häntä käytettiin myös hyväksi!"

Pastori lopulta puhui, kieli pyörien hänen huuliensa sisäpuolella. "Eikä minulla ole syytä ajatella, että tämä on vain niin ja näin! Jos vaikka tytärtänne olisi jotenkin vahingoitettu. Jos häntä kosketettiin. Usein nämä asiat johtuvat tahattomasta kutsusta. En ole tunteeton nuoruuden intohimolle. Se nousee tahattomasta vapaudesta."

"Miten? Mitä tarkoitatte?"

"No, tytön h enoinen houkutus! On kesä, lystiaika, oikeastaan. Hän... vähissä vaatteissa, kenties avannut nappejaan, umm? Tietämättään. Hän ehdottelee tietämättään, Hanne!"

"Ei. Ei, pastori. Tämä ei tapahtunut niin kuin haluatte ajatella."

Larsen jatkoi: "Pojat uskaliaita! Ehkä hieman juopuneita; nuorukaiset... varmasti juovuksissa. Rouva Svensson! Eikö poika voisi kertoa jotain? Hänhän oli siellä, eikö niin? Hyväksikäytetty!"

Hanne oli hetken hiljaa, järkyttyneenä. Hän puhui harkitusti. "Pastori, mitä te ehdotatte? Minun tyttäreni ei ole sellainen tyttö!! Hän on hyveellinen: oli vielä neitonen! Hän oli pojan kanssa keräämässä marjoja ruoaksemme, Herra, ei muuta, kun tämä paha, pahuus!!... Näistä asioista ei ikinä puhuta. Nyt minä puhun! Tiedän mitä ihmiset sanovat, mutta tätä ei voi ohittaa tilittämättä..."

Pastori Larsen keskeytti. "Nuorilla tytöillä on taipumus kietoa pauloihinsa. Mutta, en sano, että juuri niin tapahtui tässä, Hanne. Jumala tietää! Olet hyvä ihminen. Olen tuntenut sinut, Hanne, ja sinun vanhempasi, lapsuudesta asti. Etsin vain sinun parastasi. Tosin nämä 'maalaisasiat' eivät ole yksinkertaisia, eivät koskaan yksinkertaisia! Kuuntele nyt. Nämä pojat, joita syytät, tämä perhe! Bäckströmit! Kartanosta! Koko perhe. Kaikki kastettuja Kristittyjä. Nuorin, tytär, juuri meidän Pyhä Luciamme! He ovat uskollisia kirkolle, käyvät säännöllisesti. Anteliaita uhrilahjoissaan! Backströmeillä on pitkä, arvostettu asema seurakunnassamme! En ole koskaan kuullut heistä mitään pahaa!! En sanaakaan! Nyt kuuntele! Heidän nimensä on vanha kaupungissamme. Eikä sitä tahrata ilman kunnon syytä! Vahvistuksia, rouva Svensson, vahvistuksia! Todisteita! Ei lapsipoloisten lörpöttelyä ja sekavaa kuvittelua!"

Sade oli voimistunut, piiskaten kirkon kattoa ja ikkunoita. Hanne kumartui nyt, pää käsissään ikään kuin suojautuakseen myrskyltä, hänen itkunsa kaikui piiskaavan sateen mukana. "En voi uskoa korviani! En voi uskoa omia korviani! Että te...! Pastori! Meillä ei ole mitään muuta kuin kirkko!" Hän kääntyi lähteäkseen.

Ehkä katumuksesta, pastori astui eteenpäin tarttuen häntä olkapäästä kääntäen hänet ympäri. Hänen kasvonsa olivat nyt päättäväiset, hampaat kiristyneet, surun ilme oli muuttunut vihaksi, kun hän puhutteli Hannea. Larsen katsoi hetken kattorakenteita, sitten Hannea.

"Et voi uskoa korviasi? Sitten rouva, usko Jumalan pyhää sanaa! Aatami sai Seetin. Eeva synnytti synnin. Eikö alaston Eeva johdattanut viattoman Aatamin, ja siten kaikki miehet, turmelukseen? Eikö Jael viettelemällä houkutellut avuttoman Siseran ja kun hän hänen aviorikoksestaan kyllästyneenä myöhemmin nukkui, iski hänen aivonsa maahan telttakiilalla? Ja enemmänkin! Mitä sanot Delilasta, kaunottaresta, joka vangitsi jalon Simsonin, ja sitten, kaksinaamaisena porttona, petti ja pilkkasi hänen kurjuuttaan, nautiskellen hänen kidutuksensa ja sokeutensa savusta? Nämä todistukset on meille annettu erehtymättömän inspiraation kynästä kertomaan, kyllä! Mutta myös, Jumalan armossa, varoittamaan, rouva Svensson. Varoittamaan!"

”Ja minä sanon teille pastori Larsen! Tässä ei ole mitään raamatullista, ei mitään jumallista innoitusta, tässä kauheudessa ei ole mitään pyhää! Oh, sodomia ehkä! Se on raamatullista! Minun tyttäreni painettiin alas ja raiskattiin! Häntä käytettiin hyväksi! Sodomisoitiin! Ja pastori Larsen, tämä poika tässä, minun Kalle, hän näki kaiken! Te lainaatte kirjoituksia ja puhuttu tärkeistä sukujuurista! Minun tyttäreni vuoti verta! Sen tiedän! Kysykää pojalta!”

Vanha pappi käänsi selkänsä, kasvot nykien, sydän pamppaillen, ja käveli alttaria kohti, sen kynttilät lepattivat hänen lähestyessään. Hän pysähtyi hiljaisuuteen hetkeksi ja kääntyi sitten kohtaamaan Hannen tältä lyhyeltä etäisyydeltä, hänen äänensä oli aluksi karkea kuiskaus, sitten kirpeä, nousten huippuunsa, kun hän, Uddevallan auktoriteettina, puolusti tuomiotaan ja siten kaupungin moraalia. Mikä tahansa häiriö oli liikaa ja ongelmat tytön ja pojan kanssa metsässä tuli jättää sinne, eikä antaa niiden rikkoa kaupungin jäsentyneitä rajoja, sosiaalisia rajoja, itsessään näkymättömiä moraali-instituutioita. Suuremman hyvän asia täytti hänen mielensä, ja silti hän kamppaili kauan sitten eläneen toisen papin, Jerusalemin ylimmäisen papin Joosef Kaifaan, kohtalokkaan julistuksen kanssa. Hän oli se, joka oli päättänyt, että olisi parempi, että yksi kärsii tai kuolee, kuin että koko yhteisö tuhoutuu. Lopulta pastori Larsen kääntyi, tietämättään oman Herransa vertauksen piittaamattomana, epäoikeudenmukaisena tuomarina, kohtaamaan uudelleen anovan, vihaisen lesken, vaikka totuuden nimessä, kaikki muisto Kristuksen opetuksesta oli nyt jäänyt huomaamatta. Hän pysähtyi pyyhkimään hikeä otsaltaan.

"Tämä epäinhimillinen ... oikeasti, uskomaton ja petomainen kuvaamanne teko, asianmukaisesti kuuluu Sodomon lihallisuuksiin, rouva Svensson, ja hirveään Gomorraan, molemmat räjäytettty mustimpaan helvettiin Jumalan vihan kautta! Mutta ne eivät majaile täällä, nykypäivänä, rakkaassa kristillisessä seurakunnassamme. Tunnen laumani. Meillä ei ole susia. Ei täällä! Nämä ... teot, nämä synnit, kaikki nämä perversiot! Niillä ei ole asuntoa täällä Kristillisessä Uddevallassa. Ei! En tule koskaan uskomaan. Kirkko ei tule koskaan uskomaan! Viranomaiset eivät tule uskomaan! Koko kaupunki ei koskaan usko sitä!

Hänen äänensä oli nyt jylisevä ja Hanne, järkyttyneenä sellaisesta katkeruudesta ja melkein pelosta, romahti itkien, peittäen kasvonsa. Poistuessaan hän katsahti taakseen. "Pastori, minä vakuutan! Minä tiedän... Olkaa hyvä ja kysykää pojaltani, Kallelta! Kysykää häneltä nyt! Kalle..."

Pastori Larsen käveli penkille, jossa Kalle oli istunut koko ajan. Hän hymyili lempeästi ja kumartui alas, katsoen Kallea kasvoihin. Poika käänsi katseensa hermostuneesti pois, mutta Larsen laski kätensä pojan päälle rauhoittaakseen. Kalle kääntyi takaisin kohtaamaan hänet. Katsoen häntä silmiin, pastori puhui hitaasti.

"Poika, kerro minulle. Oletko huolestunut! Kaikki tämä puhe! Jotain tapahtui? Pyydän, älä pelkää. Tämä on meidän kolmen kesken. Lupaan sinulle." Pastori istuutui Kallen viereen ja jatkoi hymyillen. "Olit metsässä? Siskosi kanssa, keräämässä marjoja? Minäkin tein niin nuorena. Kesä ei ole kesä ilman noita marjoja! Mutta metsä... no... se on oma maailmansa. Niin kaukana muusta, ja pimeä. Vähän pelottava, niinhän. Ihmiset kuulevat ja näkevät asioita varjoissa, ehkä, mysteerisiä, ei niin todellisia. He hämmentyvät. Mielikuvitus valtaa tilaa! Kalle — tuona päivänä. Muistatko? Tarkoitan, että muistatko ihan varmasti? Nuo pojat ... satuttivatko he Mariaa? Vai leikkivätkö ja pussailivatko ehkä? Sattuiko sinuun? Lyötiinkö? Kalle, sinä leikit ja sinuun sattui? Ehkä vain halasitte? Ei? Kyllä?"

Kalle katsoi alas ja käänsi kasvona seinää kohti. Seurasi hiljaisuus. "Minä luulen... me... me keräsimme marjoja. Maria huusi. En muista enää enemp-"

"Totuus poika. Totuus... Kerro! ... Ei mitään?... Ei mitään..? Ei mitään...?" Pastori Larsen suoristautui ja kohtasi Hannen. Hanne otti poikaansa kädestä ja lohduttaen häntä, käveli rehtorin kanssa kirkon ovelle, himmeän valon loistaessa hänen poskillaan. "Pastori, pyydän teitä... Jumalan pyhässä nimessä. Auttakaa meitä löytämään oikeutta. Poika on kauhuissaan! Näettehän sen! He ovat uhkailleet häntä, kuten sanoin. Hän on liian pelokas sanoakseen enempää! Pelkää henkensä ja sisarensa puolesta. Hänellä ei ole isää suojelijanaan. Voi Herra! Tämä ei voi olla...!" Hän alkoi avata kirkon oven salpaa lähteäkseen, mutta pastori Larsen puhui vielä kerran, hänen äänensävynsä oli lempeä.

"Rouva Svensson! Joskus elämässä unohdamme, että Jumalalla on syynsä kaikkeen, mitä meille tapahtuu. Mutta Hän toteuttaa tarkoitustaan - ja me, kuolevaiset, emme voi käsittää, emmekä edes alkaa ymmärtää Hänen tahtoaan. Tuomio tulee! Jonain päivänä tulee tuomio, siitä olen varma! Kunnes se päivä koittaa, käännä uusi lehti elämän pitkässä kirjassa. Kehotan sinua. Aloita uusi luku. Anna anteeksi, rouva Svensson, ajan myötä, anna anteeksi. Kaikki tämä menee ohi. Ole hyvä ja kerro tämä Marialle! Ajatukseni ja harras rukoukseni ovat hänen luonaan ja teidän kanssanne, hyvä rouva. Olen todella pahoillani... en voinut tehdä enempää. Jumala siunatkoon teitä."

Ulkona sade virtasi yhdessä hänen kyyneltensä kanssa, kun Hanne Svenssonin elämä sinä päivänä muuttui lastensa kärsimyksen jatkuvasta järkytyksestä epätoivoon, piinaavaan epäuskoon kaikkea sitä kohtaan, mikä oli ollut niin järkkymätöntä, mutta oli nyt niin valheellista. Kiirehtiessään myrskyn läpi hänen ajatuksensa valtasivat hänet. Hän katsoi ylös rukoillakseen ja näki auringon ilmestyvän kirkkaana pilvien takaa. Hän tunsi itsensä huimaantuneeksi, kun aurinko, kirkko, kellotorni ja heiluvat männyt sulautuivat yhteen, pyörien hitaasti, ja hänen jalkansa, höyhenenkevyet, tuntuivat tuskin koskettavan maata. Hän makasi hiljaa, kuunnellen. Mutta ei ollut mitään. Vain putoava sade.

■■

Maria oli kadonnut. Tämä tapahtui muutamia päiviä tapaamisen jälkeen kirkossa pastori Larsenin kanssa. Hän oli lähtenyt kävelylle, mutta kukaan ei tiennyt tarkkaan, minne hän oli mennyt. Sää oli taas kuuma, ja hän oli kertonut äidilleen menevänsä kaupunkiin ja sitten niitylle poimimaan kukkia. Se oli ollut keskipäivän aikoihin, joten kun hän ei ollut palannut myöhään illalla, hänen äitinsä otti yhteyttä naapuriin saadakseen apua. Naapurilla oli hevosia, ja hän lähti aikaisin seuraavana aamuna yhdessä Kallen ja Svenin kanssa. He etsivät puoli päivää tuloksetta kaupungista ja läheisiltä pelloilta, ja vaikka pojat pysähtyivät välillä sanoen kuulevansa hänen äänensä, joka huusi, etsinnät osoittautuivat turhiksi.

Sitten he ratsastivat joelle ja seurasivat sitä kauemmas kaupungista, koska siellä oli hienoja pieniä niittyjä, jotka olivat yleensä koskemattomia ja täynnä kaikenlaisia kukkia ja yrttejä siihen aikaan vuodesta. He löysivät Marian sieltä. Hänellä oli yllään mekko, jonka hän oli tehnyt kankaasta, jonka *Far* oli tuonut hänelle yhtenä jouluna, ja jota hän oli sen jälkeen muokannut kasvaessaan, sillä hän rakasti sitä lempimekkonaan. Hänen hiuksensa valuivat taaksepäin, edelleen lehvillä ja kukilla kiedottuina, joita oli myös kiedottuina hänen otsalleen ja kaulaansa. Hänen kämmenensä ja ranteensa olivat ylöspäin kääntyneinä, kun hän kellui, ja Kalle ajatteli, että hän hymyili lempeästi.

10. LAISKOTTELUA MAATILALLA

Kalle ponnahti sängyssä ylös, hikisenä ja pelosta silmät suurina muistoissaan, kun siivekkäät voikukat lensivät ympäriinsä ja tärisevät pensaat, ylikypsinä, hedelmänsä rivoina kuin veri, lauloivat ulvovien puiden kanssa, jotka auringon kellastamina virnuilivat hänelle alas, kesän sumuisesta usvasta pahoinvoivina, heidän lähestyvät neulasensa yhteen sovitettuina, pistävinä, ajaen häntä pois metsästä, juosten, kaataen hänet, joelle kutsuen, sillä Maria leijaili jälleen hänen unissaan. Hän katsoi ympärilleen ihmetellen, täynnä todellista toivoa, että Maria saattaisi oikeasti olla elossa siinä hänen vieressään, halattavissa, niin lähellä hän oli sinä yönä. Maria oli, Kalle aina ajatteli, yhä uskomattoman kaunis, mutta järkytys nähdä hänet sellaisena oli herättänyt hänet usein tuon tuhoisan kesän jälkeen. Asiat jatkoivat kalvamista. Ruuvia kierrettiin - rakastettu sisko; oikeus, joka jäi saavuttamatta; voimaton vanhempi: hänen voimaton itsensä; viattomuus turmeltu; syntinen kuolema! Näinä aikoina hän palasi mielessään tuon kesäpäivän tapahtumiin metsässä ja muistutti itseään, ettei hän olisi voinut tehdä enempää, ikään kuin anoen jumalallista anteeksiantoa, ja näin lievitti epätoivoa ja palautti rauhan, kutomalla rauhan langan, josta tarttua, roikkuen, kunnes koitti taas uusi yö ja uusi painajainen.

Oli aikainen aamu ja heinäkuu, joten päivä ei niinkään koittanut kuin liikahti, eikä oikeastaan sitäkään. Se oli ollut vain kevyesti horroksessa, ei poissa luonnon kesäisen torkun aikana, ja, edellisen illan lämpimien, vähäisten sateiden hurmaamana, oli torkkunut kuin äitinsä kuu, uneliaana; rauhoittavasti ei pimeänä. Nyt se heräsi ja, haukotellen, levitti muutamia huolimattomia säteitä, helliä säteitä, jottei polttaisi kasteista vihreää, mutta tarpeeksi kannustaakseen iloista linnunlaulua, joka kaikui pelloilla, metsissä ja Papan vanhan tilan puutarhassa. Kalle istui alasti sängyn reunalla, tyhjänä, syvästi hämmentyneenä sisarensa haamusta. Maria roikkui yhä Kallen katseessa, rakastettuna mutta pelätty- nä. Kalle oli nyt lähes kaksikymmentäkahdeksanvuotias, pitkä mies, jolla oli pitkä, punertavanvaalea tukka, parta, hoitamaton, hänen silmänsä, veitikkamaiset. Hän oli kaikin mittarein komea mies. Aikuinen elämä oli osoittautunut tähän mennessä vaati- mattomaksi, vaikkei liian synkäksi; miellyttäväksi, mutta ennalta arvattavaksi.

Sängyn vieressä olevalla pöydällä oli puoliksi täynnä oleva pullo brännviniä, jonka Kalle avasi ja josta hän nyt joi. Se lievitt hänen päänsärkyään edellisillan juomisesta, vodka, hallitsematon virta, nopea eliksiiri, joka purskahti hänen kehoonsa ravistaen hänet jälleen kuolemasta puolieloon! Haluttomana edes harkita näin merkittävän lääkärin vapauttamista, hän nousi ja meni huoneen vastakkaisella puolella olevan peilin ja pesualtaan luo. Hän ko- hensi hiuksiaan toisella kädellään ja otti lääkkeellisen kulauksen toisella kädellään, laulaen vanhaa ruotsalaista juomalaulua itsel- leen, vaikkakin esitys keskeytyi välillä vodkan potkun tärinän vuoksi. Hän katsoi ulos, välinpitämättömänä aamun kauneudes- ta, huomaten vain, ettei satanut.

Kalle siirtyi huoneen keittiöön ja avasi ylemmän kaapin, ottaen sieltä alas keraamisen mukin ja sitten suuren, pyöreän ruisleivän, rautakovan, joka oli ripustettu keväällä keskusreiästä tangolle yhdessä tusinan muun leivän kanssa ja asetettu vanhan kivisen leivinuunin yläpuolelle. Käyttäen karkeasti veistettyä kauhaa, hän kaatoi itselleen mukillisen vettä lattialla olevasta ämpäristä ja joi. Vesi oli luonnostaan kylmää, tilan omasta kaivosta nostet- tua ja tuoksui puulta, josta Svenssonin ämpäri oli tehty. Hän kaa- toi lisää vettä ja repäisi leivän kahtia, heittäen toisen osan hellal- le ja, kädessään juustopala ja puolikas leipää, toisessa mukillinen vettä, seisoi rennosti, syöden ja katsellen ikkunasta heiluvia heiniä ja ulkona laiduntavaa hevosta. Hänen yönsä oli unohdettava, muuten se jatkuisi ja pilaisi päivän. Se hälveni vain vastahakoisesti, haamu epäröivänä, sen katoaminen huoneen täyttävään valoon oli huomaamaton ja näkymätön.

Kalle kumartui hieman nähdäkseen itsensä peilistä. Lapsena hän oli usein seisonut sen edessä, nauraen, hymyillen, irvistellen kirkkaaseen lasiin, vaikka nyt peili oli jo vanha ja tummunut, antaen vain vastahakoisen heijastuksen. Maatalon katto oli rakennettu matalaksi, jotta tulen lämpö säilyisi paremmin, joten peili, vaikka kiinnitetty niin korkealle kuin mahdollista, oli silti silmänkorkeuden alapuolella. Pureskellen vielä viimeisiä ruisleivän paloja, Kalle katsoi itseään, ei laittaakseen hiuksiaan eikä itsetyytyväisesti, vaan keskittyneesti, ikään kuin yrittäen nähdä kasvojen ja parran takana olevan miehen. Hän tuli lähemmäksi tutkiakseen suurta aihettaan tarkemmin, kääntäen päätään hieman puolelta toiselle, mutta huomasi muruja tarttuneen partaansa ja ympäri suutaan. Hän pyyhkäisi ne pois kädellään ja, pää ylhäällä, kohensi hiuksiaan. Ottaen koivun oksan pesualtaan vierestä ja pureskellen sen muotoonsa, hän lisäsi siihen hieman yrttijauhetta ja alkoi puhdistaa hampaitaan edellisen illan ja, kuten oli käynyt, aamun bakkanaalisista nautinnoista. Kalle huuhteli suunsa ja hieroi oksaa hampaidensa ja ikeniensä ympäri. Koivu jätti miellyttävän, makean raikkaan maun. Hän lähestyi yhä epäselvää lasia, uppoutuneena, ikään kuin tekisi ensituttavuutta edessään olevan henkilön kanssa. Nuori filosofi nosti leukansa uudelleen kohdatakseen itsensä:

"Kalle Svensson Kalle-poika! Mikä Kalle tänään on? Kuka Kalle on, eh? Ah, sama kuin eilen. Sama tänään. Sama kuin joka jumalan päivä, jonka Jumalan armo on antanut." Hän puhui hiljaa, tuskin hymyillen. Silmät kirkastuivat yhtäkkiä. "Ah, Jumala. Hej! Hyvää huomenta!" Hän katsoi ylös ja sitten takaisin peiliin teeskennellen hämmästystä. "Olet kasvanut aikuiseksi, Kalle. Katso itseäsi. Tehty, kuten kaikki miehet, Jumalan kuvaksi! Oh! Todellako Jumala? Näytätkö sinä todella minulta? Siinäpä ajatus. Melkoinen ajatus." Hän joi vähän pullosta ja katsoi taas peilissä olevaa miestä. "Raukka Jumala!... Hoikka! Likaisenvaaleat hukset — vähän ohkaiset. Tämä punertava parta. Ei lainkaan kuin Simson — pelkkää lihasta ja harjaa! Hänellä oli hiukset... Sen teit oikein, Jumala! No. Melkein. Se tappoi hänet, eikö niin, surkea tyyppi. Hänen voimansa osoittautui hänen heikkoudekseen. Siinäpä saarna! Hiukan julmaa, etkö ajattelekin niin, Herra? Olet viekas, etkö olekin! Kuten sen toisen kanssa... sen Daavidin pojan... joutui roikkumaan puuhun... tuota... Absalom. Niin, Absalom! Jumala, ne saarnat Absalomista. Roikkui hiuksistaan puussa. Mikä tapa kuolla! Pitkät, paksut hiukset... hitto, Herra! Se on positiivinen terveysriski sankareillesi, eikö olekin! Ja se toinen Daavidin poika — Jeesus. Hänelläkin oli pitkät hiukset! Teloitettu. Roikkui puussa. Aika suosittu teema sinulta, Jumala!" Jumalanpilkkaaja pysähtyi huuhtelemaan. "Mietin, oliko Juudaksella pitkät hiukset? Miten uskallat! Selvä! Anteeksi Jumala, anteeksi! Olin kevytmielinen! No. Ei mitään kampaamoyhteenvetoja minun elämälleni! Ei tämän pehkon kanssa! Selviän tästä! Yksin, kiitos... En ole niin pahannäköinen. Olen jopa puuseppä; ja puusepän poika! Siinäpä se. Herra, minulla täytyy olla tulevaisuus!"

Hän nauroi ja otti pitkän kulauksen, tällä kertaa vettä. Hän jatkoi, puolittainen haastattelu itsensä ja Kaikkivaltiaan kanssa tarjoten huvia. Oli nyt valoisampaa, kun muutamat aamuvarhaiset pilvet olivat menneet ohi, ja niiden väistyttyä hopeinen aurinko paistoi esteettä maatilan yläpuolella.

"Ei. Sinä tiedät tulevaisuuden. Sinä muovaat ja jaat tulevaisuuksia. Mitä varten, eh? Mikä peli tämä on? Etkö tiedä, Kalle? Sinun aikasi koittaa! Jumalat muovaavat ihmisten elämiä. Emme todellakaan me. Jottei meistä tulisi yksi heistä! Se vasta vaarallista on-kin... Se on salaisuus, eikö olekin. Jumala! Varastaminen? Mitä sanot? Ottaa omaksemme hitusen jumaluutta? Raukka Promet-heus! Raukka kirottu, hyvänsuopa, Prometheus. Niin jalo tarkoi-tus. Hyvyyden ruumiillistuma, Herra. Hyväntahtoinen idiootti! Sidottu kallioon. Siinäpä palkkio. Poikkeaminen. Jonkun olisi pi-tänyt kertoa hänelle. Pitäisi kertoa meille kaikille! Sinä olet mus-tasukkainen. Pelastus? Hitto pelastus! Sinä kiroat meidät ja sit-ten tarjoat pelastusta? Aikamoinen monopoli! Ei, se on pelkkää työtä. Mikään ei ole ilmaista. Minä olen sidottu! Kuten hän, Ju-mala. Sidottu ikuisesti työhön!"

Kalle nauroi taas, huulet olivat kyyniset. Hän ojensi käsivartensa ikään kuin ne olisivat olleet kahleissa, ja hän, katkera vanki, kur-tisti kulmiaan, pään kallistuessa sivulle kurkistaakseen peiliin ja nähdäkseen itsensä ja kärsimyksensä. Epäuskoisena, käsivarret yhä ojennettuina, hän kääntyi, haukotteli, sitten laski kätensä, asetti korkin takaisin vodkapulloon ja laski sen pöydälle kävelles-sään kaapin luo.

"Oi Kalle! Muista elämän Neljä Suurta S: Pysy turvassa (safe). Py-sy sinkkuna (single). Pysy selvin päin (sober), Kalle. Ja sitten pysy järjissäsi (sane) - se vaikeasti saavutettava neljäs!" Hänen äänen-sävynsä muuttui, kun hän näytti muistavan tragedian. "Se on vaikeaa. Se neljäs Suuri S, Kalle poika! Pysyä järjissään! Mikä pointti siinä on... Sinun täytyy sulkea niin paljon pois. Olla täällä? Mikä hiton pointti siinä on?"

Aukaisten vahingoittuneen kaapin oven, hän otti esiin pistoolin ja nahkaisen ruutisarven, punniten molempia käsissään ihaillen ja asettaen ne ruokapöydälle. Hän palasi etsimään piipun puhdis-tajaa, öljypullon, rievun ja pienen laatikon ammuksia, jotka olivat olleet piilossa työkalupussin takana vanhassa kaapissa. Pappa oli jättänyt sinne kaikenlaisia hyödyllisiä tavaroita, mukaan lukien pistoolit. Kalle kuljetti ammuslaatikon ja puhdistustarvikkeet pöydälle ja istuutui työstämään pistooliaan. Iästään huolimatta aseet olivat hyvässä kunnossa ja pojat olivat käyttäneet niitä säännöllisesti, nyt kun Pappa oli menehtynyt ja he eivät enää olleet lapsia. Aseet palvelivat maalitauluammunnassa ja silloin tällöin lintujen tai jänisten ampumisessa maatilalla.

Kalle oli tuskin aloittanut piipun puhdistamisen, kun hän kuuli veljensä nousevan ja tulevan alas portaita. Sven oli nyt jo kolmekymmentäyksivuotias, ja hän astui huoneeseen päänsä kumartuneena välttääkseen kattoon osumista. Hän haukotteli, väsyneenä ja yhä edellisillan housuissa. Hän nyökkäsi ja meni tyhjentämään pesuastian ikkunasta ja hakemaan vettä peseytymistä varten. Isompi kuin Kalle, mutta ehkä vähemmän ketterä, hän oli enemmän maanviljelijä käytökseltään ja puheeltaan.

Kalle tervehti häntä "Huomenta, Sven. Tuletko ulos kanssani? Ajattelin kokeilla pistooliammuntaa ennen kuin lähden kaupunkiin. Ulkona on kaunis sää! Miten olisi, veli?"

"Huomenta! Jaa, miksei? Haen pistoolini kohta. Ehkä musketteja, jooko? Kiinnostaako metsästys? Tarvitsemme pian lisää lihaa, ja äiti voi aina kaivata riistaa. Voit viedä sitä hänelle. Onko padassa hellalla mitään? Mitään ollenkaan...?"

"Kyllä. Ei. Vain ammuntaa minulle. Haluaisin, jos minulla olisi aikaa, mutta minua odotetaan kaupungissa ennen puolta päivää. Työt odottavat. Syö sinä. Odotan sinua."

Sven asteli keittiöön ja, kuten Kalle, otti vähän ruisleipää, juustoa ja vettä. Edellisenä päivänä käytetyn padan tutkiminen osoittautui kannattavaksi - muutama peruna ja niiden alla piileskelevä kypsennetty mutta kuivunut peuranliha päätyivät lautaselle. Jos hän oli tyytyväinen löytöönsä, Sven ei näyttänyt sitä. Hän istuutui kuluneen pöydän ääreen, kuten hän ja hänen veljensä olivat tehneet varhaislapsuudestaan lähtien. Ruoka, puu, savu ja olut olivat jättäneet huoneeseen pysyvät arominsa, jotka, kuten huonekalut, vanhat, rikkoutuneet ja epäyhtenäiset, määrittivät koko mökin, ja, kuten alttarilla oleva suitsuke, olivat erottamaton osa sitä, aineeton läsnäolo. Pöytä oli kestänyt vuosikymmeniä kaatunutta olutta ja kastiketta, talvinuotioiden savua ja kesän tihkuvia mehuja, antaen melkein yhtä paljon kuin hella, hajuun ja tunnelmaan, joita pidettiin itsestäänselvyytenä tutunomaisuuden kautta, ja joiden poissaolo, syntynyt vaikkapa hyvin tarkoitetusta siivouksesta tai lakkauksesta, toisi sen olemassaolon huomatuksi juuri sen menetyksen kautta, ja, voisi olettaa, aiheuttaen siten myöhempää nostalgiaa ja katumusta.

Sven rouskutteli ruokaa ja Kalle puhdisti pistooliaan, joten varsinaista keskustelua ei ollut. Aikansa kuluttua Sven poimi romaanin, jota Kalle oli lukenut hyvin intensiivisesti. Suu täynnä ruokaa ja jalat tuolilla, hän luki kirjan nimen hapuilevalla englannilla, lopulta lopettaen selvästi turhautuneena. "'The Life and Strange Surprizing Adventures of Robinson Crusoe, of York, Mariner: Who lived Eight and Twenty Years, all alone in an un-inhabited Island on the Coast of America, near the Mouth of the Great River of Or-oon-oq-ue; Having been cast…', hyvänen aika, yritin, mutta en koskaan päässyt tuon kirotun otsikon yli. Mikä ihme häntä vaivasi? Tuo on pirullinen otsikko!"

Hän heitti kirjan pöydän yli Kallelle, joka pysähtyi pistoolinsa puhdistamisesta ja työnsi sen takaisin. "Olet nyt vanhempi. Älä välitä otsikosta. Muoti on muuttunut siitä lähtien, mutta tarina on hyvä. Se on niin kuuluisa, ja tiedän miksi. Katso vaikka."

Sven nojautui taaksepäin ja selasi muutamia sivuja, yhä ärsyyntyneenä. Hän luki muutamia kohtia ääneen hitaasti, sillä hän oli oppinut vähemmän englantia kuin Kalle, joka jatkoi kiillottamista hiljaa. "'But no sooner were my eyes open, but I saw my Poll ... (da, da, da) ... he that spoke to me; "Poor Robin Crusoe! Where are you? Where have you been? How come you here? And such...' Mmm. Puhuvia papukaijoja. Epätoivoista. Sinun täytyy olla melkein valmis tämän kanssa, *Robinson Crusoe!* Tämä leipä on vanhaa, Kalle. Haista sitä."

Kalle oli saanut pistoolinsa puhdistettua ja nousi katsomaan ulos. "Melkein. Se etenee hitaasti."

"Olet ollut sen parissa niin kauan! Eikö kerran ollut tarpeeksi? Luulin, että kävit sen läpi alle viisi vuotta sitten, Kalle! Se on niin pirun paksu! Miten voit? Pirun englanniksi?"

"Kyllä, hiton pitkä! Pitkiä kuvauksia. Ja kyllä, kaikki on tietysti englanniksi. Kokeilepa lukea sitä ja näet itse! En ymmärrä kaikkea ja joudun lukemaan uudelleen, tiedäthän. Teen parhaani. Se on vaivan arvoista, vaikka jotain jäisikin huomaamatta. Ne pitkät lauseet ovat..."

"No, jos se on niin hieno kirja, miksi et hanki sitä ruotsiksi? Se on saatavilla käännöksenä, tiedäthän Kalle! Olen nähnyt sen kirjakaupan ikkunassa kaupungissa!"

Kalle käveli takaisin pöydän luo, ajatuksissaan vain puolittain keskustelussa mukana. "Kun isä toi tämän Skotlannista sinä vuonna, muistatko, hän tarkoitti sen meille kaikille. Hän halusi meidän oppivan englantia, äiti opettaisi meitä ja saisimme myös opetuksia kirjasta -"

"Opetuksia, vai? Onko tämä jonkinlainen... filosofinen harjoitus? Isä ei ollut mikään filosofi!" Sven röyhtäisi ja siirteli jalkojaan. Tytöt kiinnostivat; eivät kirjat. Hän viittoi Kallea istumaan, jatkaen kirjan ja sen kuvitusten selaamista.

Hänen veljensä suostui. "Se on tarina englantilaisen selviytymisestä kaukaisella saarella!"

Sven tuhisi. "Filosofiaa? Tämäkö? Se on vain pitkä, hyvin pitkä tarina. Pitkäveteinen, veikkaan!"

"Tavallaan se on filosofiaa. Robinsonilla on se, mitä kaikki miehet kaipaavat - vapautensa! Hän luulee olevansa eristyksissä maailmasta, mutta todellisuudessa hän on valtakuntansa herra. Hän hallitsee omassa maailmassaan. Sen pitäisi olla jokaisen oikeus myös nykyaikaisessa Ruotsissa - ettei tarvitse tanssia toisen pillin mukaan! Mieti. Tämä kirja oli yli viisikymmentä vuotta ennen Tom Paynea! Ennen Amerikan vapaussotaa Britanniasta! Sven, Amerikka ja kuka tietää, ehkä Australia, tarjoavat nyt tuon vapauden tavallisille miehille, etkö usko?"

Vanhempi veli katsoi ylös. "En usko. En unelmoi kuten sinä. Se on turvallisempaa! Ja lisäksi, kuka haluaisi vain miespuolisen villin seuralaisekseen? Vuodesta toiseen? Ei, Defoe olisi voinut antaa hänelle naisen! Tai vielä paremmin, kanootillisen alastomia... nuoria, nubialaisia... nymfejä! Ja Robinson ainoa mies! Tietysti muutama tynnyri rommiakin mukaan! Se olisi elämää, jonka arvoista olisi jäädä! Se vasta on vapautta! Miksi silloin lähteä?" Miehet nauroivat.

Kalle vastasi. "Kyllä, totta. Meidän rakas moraalinen yhteiskuntamme ja huolehtiva valtiokirkkomme eivät ikinä sallisi tuon julkaisemista! Eikä varmaan Englannikaan. Se olisi liian lähellä jokaisen miehen todellista halua! Tosin, ranskalaiset varmaan voisivat!" He nauroivat jälleen.

Sven joi loput ja nousi, pudistellen päätään nuoremmalle veljelleen. "Hainpa sitten pistoolini. Onko sinulla tarpeeksi ammuksia meille molemmille? Minulla ei ole paljon jäljellä. "

"Luulen, että minulla on tarpeeksi meille molemmille. Menen edeltä. Nähdään ulkona!" Kalle astui kirkkaaseen auringonpaisteeseen ja katseli puutarhaa. Hän hengitti sisään auringonvaloa.

Maatilalla käytiin vain keväällä ja kesällä, kun pojat kyntivät ja istuttivat Papan pellon, ja sitten syksyllä lyhyesti korjaamassa ruis, vehnä ja omenat. Se oli rapistunut: omenapuut, joita ei nyt enää hoidettu, vadelma-, karviaismarja- ja mustaherukkapensaat olivat jääneet huomiotta, niissä oli kiinni mädäntynyttä verkkoa, joka tuskin piti linnut loitolla. Kaikki tuottivat silti satoa; uskollisia palvelijoita. Muutamia puisia tuoleja lojui vinossa etuportaiden lähellä, ja kauempana oli vanha keinu, joka mätäni järven rannalla. Hyttyset, mehiläiset ja perhoset tuntuivat kilpailevan tilasta monien kukkien ympärillä, jotka kasvoivat villinä nyt hoitamattomassa puutarhassa. Koivut, saarnet ja männyt tarjosivat varjoa kesällä ja puuta keittiön liedelle sekä takkaan kylmällä säällä. Etupihan luumupuut tuottivat palkittuja hedelmiä. Oikealla puolella oli pieni navetta ja sen lähellä pieni mökki, jossa oli jonkinlainen käymälä. Molemmat oli maalattu, kuten itse maatalo ja takana olevat tallit, ruotsalaisella maalaispunaisella, vaikka nyt ne muistuttivatkin vanhentuneiden kasvojen suttuista punaa. Rakennukset, vuosien aikana haavoittuneet, seisoivat yhä urheasti - juuri ja juuri. Pihalla oli siellä täällä ruostuneita ja sittemmin unohdettuja maataloustyökaluja, kun taas pitkä ruoho kätki vielä vanhempia puukahvaisia työkaluja ja suksen tai pari sauvoja, kaatuneita aitoja ja jopa lasten vanhoja leluja, jotka oli hylätty kiittämättömässä nuoruudessa yhdessä kerran jaetun viattoman ilon kanssa Papan maatilalla. Mutta paikka eli yhä. Pojat olivat siellä, samoin heidän hevosensa, joka laidunsi ja myös kynti mielellään, muutamia ankkoja ja kaiken kokoisia lintuja, jotka pitivät puutarhaa paratiisina, kuten myös oravat ja kanit, jotka olivat iloisia ihmisen ja luonnon tarjoamasta ravinnosta, paikassa, jota eivät häirinneet liian monet ihmiset ja heidän koiransa. Siellä oli hyvän kokoinen sipulimaa, jota hoidettiin koko kesän, tosin Sven ja Kalle olivat myös innokkaita ampumaan ei-toivottuja ruokailijoita, jäniksiä ja kaneja. Harvoin viikattu ruoho oli kasvanut pitkäksi.

Yhä alasti aamupesustaan ja liian laiska pukeutuakseen, Kalle käveli suurelle kivelle, kauemmas talosta. Aurinko oli juuri sopivan lämmin, vaikkakin raikas ilma oli vielä hieman viileä ja virkistävä. Hän nosti maassa makaavan pullon pystyyn ja käveli noin kaksikymmentä jaardia taaksepäin. Kurkottaen ammuksiaan, hän latasi pistoolinsa ja työnsi hiuksensa taaksepäin, kohottautuen ampumaan. Aamun säteet lankesivat Kallen ylle ja ympärille niin kirkkaasti, että ne saivat hänet erottumaan ympäröivistä puista, tallista ja maatalon varjoista. Jopa kivi istui varjossa korkean koivun alla. Pistooli, kuten Kalle, kiilteli, jännittyneenä; valmiina ampumaan. Kalle ampui mutta ei osunut. Pala graniittia lensi irti, mutta pullo pysyi ehjänä. Harmistuneena tarkka-ampuja kirosi ja alkoi ladata uudelleen. Valo ja juoma olivat pettäneet hänet.

"Aargh, hitto vieköön! Liian aikaisin, Kalle-poika. Ryhdistäydy! Tuolla on kirottu vihollinen, pistoolin kanssa! Se on joko minun kivekseni tai hänen. Pallo pallosta. Hyvin tasainen kaksintaistelu, varustettuna sillä kaikkein rakastettavimmalla Mooseksellisella periaatteella, mitäs sanot?" Hän huvittui omista sanaleikeistään. "Verivihollisesi, Sir! Ei valinnanvaraa tässä asiassa. Varo! Hän lataa uudelleen! Hän tähtää! Hän on kuollut!" Nyt pullo räjähti.

Kalle kumartui iloisena ladatakseen uudelleen. Hän ei ollut tietoinen toisesta henkilöstä, kunnes kuuli oksan rasahtavan ja kääntyi juuri ajoissa kohtaamaan hänet! Mies oli pitkä ja tähtäsi pistoolillaan suoraan Kallea päähän! Hän katsoi uhkaavasti. Kalle nousi hitaasti, järkyttyneenä, mutta kykenemättömänä pakenemaan. Mies astui lähemmäksi. He tuijottivat toisiaan; hljaisuus oli pitkä. Vain tuuli kuului pellon yllä.

Sitten hyökkääjä puhui vakavalla äänellä: "Nyt on aika. Kuole! Sinä mustasydäminen rakki! Kuole! PAM! PAM!! Aawwrr!!"

Kalle kierähti ympäri ja sätki, kouristellen. Mutta äkkiä hän ponnahti ylös, huutaen ja täysin terveenä taas, alkaen uhkailla pistoolillaan! "PAM! sinulle, Sir! PAM ja PAM ja PAM uudelleen!!"

Miehet tekivät tyylikkäitä käännöksiä ja monien syöksyjen ja harhautusten jälkeen he olivat liian heikkoja jatkamaan naurusta - molemmat romahtivat maahan. He kaatuivat selälleen ja makasivat hetken, katsellen pilviä, kuten aina kesäisin, arvaten niiden muotoja. He pian vaipuivat muistoihinsa ja nauroivat itselleen siitä, mitä oli juuri tapahtunut ja kuinka he olivat taistelleet poikina. He muistivat hauskat hetket, joita heillä oli ollut puukkojen kanssa, jotka isä oli antanut joululahjaksi eräänä vuonna, ja kuinka kummallista oli, että he eivät koskaan olleet yrittäneet korvata niitä. Nuo saamelaisten metsästysveitset olivat yhä käytössä, muistuttaen menneestä joulusta, sen jännityksestä, kauneudesta ja vanhempien rakkaudesta, kiteytyneenä satunnaisiin ja epätäydellisiin poikamaisten muistojen hetkiin. Heidän katkonainen keskustelunsa vaihtui yksittäisiin muistoihin, ja vähitellen pojat torkkuivat, uneliaina auringossa.

Sven heräsi ensimmäisenä nykyhetkeen. "Kalle! Yksi kahdesta! Ei huono!"

"Mitä?... Mitä sanoit? Mikä yksi?" Kalle liikahti, maaten selällään ja suojaten silmiään häikäisyltä. Tuntui kuin tunteja olisi kulunut, mutta ei ollut.

"Osuit yhteen kahdesta... äsken! Katsotaanpa, pystyykö vanhempi ja komeampi veljesi parantamaan ampumistasi! Ja miksi ihmeessä olet alasti? Häh? Miksi? Veli, liiallinen himo on tehnyt sinut hulluksi! Entä jos saamme hienoja naisia vierailulle? Mitä sitten? Aina niin varma itsestäsi!" Sven latasi pistoolinsa virnistäen. "Saisit kanakielet kotkottamaan ympäri tätä pyhää seutua!"

"Sitten olisi paljon kotkotettavaa! Olen herrasmies, kuten he saattaisivat hyvin nähdä, ja nousisin heitä tervehtimään, kuten kuuluu jokaisen miehen tehdä, joka kutsuu itseään sillä tittelillä. Keskustelumme ei koskaan olisi mielenkiinnotonta, ennakoitavaa tai velttoa!" Hän elehti karkeasti siinä vaiheessa ja nousi venytellen, kipeänä maassa nukkumisesta. "Päinvastoin, se olisi epäilemättä ylevää, nostattavaa ja näin inspiroisi ja kiihottaisi kaikkia läsnäolijoita. Valkoisen herrasmiesvillin konsepti sitouttaisi meidät kaikki tuntikausiksi. Hieno asia, sosiaalinen kanssakäyminen. Kuvittele! Syvällinen, intiimi keskustelu. Lakkaamaton väittely, rajaton kekseliäisyys. Sven, veli ja hyvä ystävä, voisit vetäytyä sisälle hetkeksi ja palata tarjoilemaan kahvia, pullia ja kakkua!"

He molemmat hymyilivät ajatukselle, kun Sven kulki kiven luo, poimien matkalla pulloja tai puolikkaita pulloja ja sahattuja puupalasia. Järven takana olevat pellot olivat keltaisia ja vihreitä rukiista, kypsyvien viljojen nauhoista, jotka lepattivat harmoniassa läheisten kukkuloiden tuulen kanssa. Niiden takana seisoi vihreä, varjostettu metsä, aina synkkänä, mutta kuitenkin kontrastina kirkkaalle auringonvalolle, miellyttäen silmää. Näköpiirissä ei ollut naapuritaloja, ei koskaan vierailijoita, joten vain heidän äänensä kuuluivat. Kalle huusi veljensä perään:

"Alastomuus parantaa mieltä, palauttaa meidät luonnolliseen, selkeään tilaan ja näin ollen, tiedäthän, parantaa tähtäystäni! Joka tapauksessa, nyt on liian pirun kuuma ajatella vaatetusta!" Hän alkoi myös ladata uudelleen, mutta jatkoi, kun vanhempi mies haukotteli, kuunnellen. "Naiset haukkoisivat henkeään tähtäykseni täydellisyydestä. He ihmettelisivät aseeni ihmeellistä kokoa ja vakaata otetta. Ja hämmästyisivät jylisevästä laukauksestani!" Hohotukset kaikuivat maatilalla. "Ja sitten, jaa, ihailusta heikkona, kirkuisivat ihastuksesta osuessani nyt paljastettuun maaliini!"

"Tarkoitat ... kirkuisivat osuessasi ylös maaliisi, tietenkin!" Sven oli valmis aloittamaan ja, yhä nauraen, asteli takaisin Kallen luo asetettuaan muutaman pullon paikoilleen. "Nyt, aloitetaan. Sanotaan paras viidestä laukauksesta, Kalle? Kahteenkymmeneen, sovittu?"

"Sovitaan niin! Näytä parhaasi!" Nuorempi mies siirtyi asemiin.

Sven katsoi häntä. "Sinä olit aina parempi tässä kuin minä - ja metsästyksessäkin! En usko, että tämä päivä on yhtään erilainen. Riippuu tosin siitä, kuinka paljon nestemäistä ravintoa olet nauttinut tähän mennessä tänä aamuna. Sinun ei pitäisi juoda niin kuin juot, Kalle. Sinä vielä kärvennyt jonain päivänä!" He alkoivat ampua, ja maatilan rakennukset kaikuivat äkkiä pistoolinlaukausten äänistä, pelästyneiden lintujen siiveniskuista, kivien kilinästä, toistamattomista kirouksista ja rikkoutuvista vanhoista pulloista. Sven lopulta myönsi tappionsa ja kätteli iloisesti nuorempaa veljeään.

"Hyvin tehty! Olet pitänyt tähtäyksesi erinomaisena koko talven. Sen täytyy olla brännvinin ansiota! Tai niiden kirottujen kirjojen, joita luet - ne todennäköisesti harjoittavat silmää, samalla kun muovaavat viisasta. Pidät ampumisesta niin paljon, miksi et liity armeijaan?"

"No. Tästä etäisyydestä se on vaikea laukaus. Osuit hyvin! Kyllä, meistä tulisi hyviä militiamiehiä, sinusta ja minusta. Muistatko, kuinka isä toivoi, että tekisimme niin..." Hän pysähtyi, katsoen lähimpään peltoon. Hän sitten puhui hiljaa. "Katso Sven. Jänis. Tuolla! Loikkaamassa sopivasti meidän suuntaamme! Tuolla - metsästä ulos. Koetetaanko vähän metsästystä? Mitä sanot? On myöhä, mutta tämä on niin sopivaa!"

Sven seurasi veljensä sormea näkemäänsä liikkeeseen rukiissa. Se pysähtyi hetkeksi ja jatkoi sitten taas, tullen heitä kohti, ja Sven näki hetken ajan suuren jäniksen takaosan. Hän valmisteli pistoolinsa. "Se haluaa aikaisen kuoleman! Ja minä haluan ampua ensimmäisenä! Se on vain reilua, koska voitit juuri. Ladataan uudelleen. Tule, Kalle. Anna minulle kuulat!"

Yksi voisi ajatella metsästyksen tuottamia tyydytyksiä melkein samankaltaisiksi kuin ne, jotka miellyttävät uhkapeluria. Odotuksen kutkutus, nopeasti sovittu strategia, vaanimisen hienoudet, kärsivällisyys jännityksen keskellä, ja verenhimon kumulatiivinen purkaus itse tappamisessa - kaikki nämä tarjoavat sukulaisnautintoja pelipöydässä. Kylmä välinpitämättömyys tai aistillinen kiihotus, joka johtuu uhrin kärsimyksestä, olipa sen kuolema sitten välitön tai hidas, tulisi metsästäjän hyvin kehittää, jotta se ei peitä pelin maustetta. Sääli kun on sellaisen urheilun vihollinen. Minkä tahansa elämän tahallinen päättäminen, olipa se sitten ruoan, urheilun tai turvallisuuden vuoksi, on yleensä sotkuista, vaikka se suoritettaisiin kuinka siististi. Vähintäänkin on verta, puhkeavia elimiä, revittyä lihaa tai todennäköisesti uhrin trauma, joka sykkii sen tietoisuudessa sen tunnistaessa, ehkä äärimmäisessä kivussa, varman kuoleman saapuvan. Nämä kaikki ovat asioita, jotka teloittajan on kohdattava. Hänen täytyy voittaa ne oikeuttaakseen tekonsa.

Kalle ojensi luodit veljelleen, säästellen kyynisesti muutaman itselleen. Molemmat miehet olivat pian valmiita, pitäen silmällä epäonnista jänistä samalla kun valmistelivat aseensa hiljaisuudessa, harjoitellen tulevaa tappoa varten. Kalle viittoi, kuiskaten virnistäen: "Menen kiertämään, jos satut missaamaan. Ei mahdotonta, Sven, kokemuksen perusteella!"

Totuudenmukaisesti metsästys eteni epätasaisesti, kuten Kalle oli arvellutkin. Tämä oli vaikea kohde, jos se hälytettiin, ja hänen veljensä, joka oli rakenteeltaan suuri, oli huomiota herättävä sekä epävakaa ampuja. Jänis pysähtyi, nakersi hermostuneesti, ja jatkoi sitten matkaansa kohti väistämätöntä kuolemaa ennen kuin pysähtyi jälleen, ehkä havaiten Svenin lähettyvillä. Se kääntyi nopeasti ja syöksyi pois, lähettäen värähdyksiä pitkien rukiin ja heinien varsien läpi. Mutta pellolla oli paljas kohta, pieni aukeama, ja jänis hidasti, pysähtyen määrittelemään minne juosta seuraavaksi tai ehkä, harhaanjohdettuna, tuntien olonsa turvalliseksi. Sven oli kuitenkin seurannut sitä vastatuuleen. Jänis, nytkähdellen, näytti kuuntelevan ja sitten loikkasi eteenpäin, mutta - liian myöhään! Sven ampui ja osui!

Kalle juoksi pellon toiselta puolelta kohti pientä ruislaikkua, joka heilui hurjasti, huutaen: "Mitä tapahtui? Saitko sen? Sven?""

Sven katsoi ylös hengästyneenä, "Kyllä! Kyllä, sain sen, mutta se on vain haavoittunut. Hitto! Yhä potkii! Sinun pistoolisi on ladattu. Haluatko lopettaa sen?"

Jänistä oli ammuttu takajalan yläosaan, joka oli nyt paljastunut, veriset lihakset repeytyneinä, sekoittuneena turkkiin. Se jatkoi potkimista ja yritti paeta yhdellä terveellä jalallaan, vaikka turhaan, raukka onnistui vain surkeasti raapimaan puolikaaren muotoista rapukävelyä. Miehet katselivat, hiljaa, vaikuttuneina jäniksen koosta mutta myös sen sitkeydestä. Se yritti kohota jaloilleen pari kertaa, mutta sotkeutui heiniin ja kaatui takaisin pehmeään rukiiseen. Kalle vastasi:

"Ei. Ei pistoolilla. Ei tästä etäisyydestä. Liian sotkuista, arvelen..." Hän nosti jäniksen jaloista, eläimen yhä kamppaillessa, ja veljekset suuntasivat takaisin maatilalle tyytyväisinä saaliiseensa.

"Hyvänkokoinen! Tämä tulee tarpeeseen juuri nyt. Äiti tulee olemaan iloinen, tietysti!", sanoi Sven. Kalle nyökkäsi, heidän saaliinsa vuoroin sätkiessä ja keinahdellessa hänen kävellessään. Voi surku! Ei olisi Glaucusta taikayrtteineen pelastamassa ja elvyttämässä tätä jänistä! He pysähtyivät juuri siihen paikkaan, missä olivat ampuneet, jotta Kalle voisi heilauttaa eläintä muutaman kerran edestakaisin nopeasti, murskaten sen pään kiveen. Jänis hiljeni, ja he jatkoivat matkaansa talolle.

"Ja sinä osuit, Sven - melkein suora tappo, kun kirottu eläin oli juoksussa! Laukaus, jonka muistat. Ja sillä vanhalla pistoolilla."

Sven meni hoitamaan hevosta, joka oli kärsivällisesti odottanut ruokaa ja vettä. Kuumuus ja hedelmäpuut toivat kärpäsiä tähän aikaan vuodesta, vaivaten tammaa niiden ryömiessä sen päällä. Se heilutti häntäänsä ja ravisteli päätään ajaakseen ne pois kasvoiltaan ja silmistään - mutta kärpäset, lannistumatta, jatkoivat. Sven pyyhki hevosen ja alkoi sitten kaivaa sipulimaata. Nämä sipulit olisivat pienempiä kuin etelän serkkunsa, maukkaampia ja tulisempia, voitaisiin väittää. Syötynä kastikkeessa lihan ja tillillä maustettujen perunoiden kanssa, sipulit olivat perinteinen välttämättömyys parantamaan kesäruoan makua.

Kalle puolestaan istui takasisäänkäynnin portailla, otti esiin isänsä antaman veitsen ja alkoi nylkeä jänistä, valmistaen sitä vietäväksi kaupunkiin, missä liha olisi tervetullut lahja hänen ä dilleen. Hän joi vähän työskennellessään, hyräillen ja laulaer hiljaa, kääntäen välillä kasvonsa kohti lämpöä. Yön traumat olivat unohtuneet. Päivästä oli lopulta tulossa hyvä.

11. UDDEVALLA: 29.7.1806

Ripustettuna avaruuden tähtisumuun meidän kirkkain tähtemme paloi, sen jäästä ja hillitsemättömästä kuumuudesta syntyneet kristalliset säteet murtautuivat vapaaksi ristikosta, ikään kuin paeten tulisesta vankityrmästä. Paetessaan taivaita ne katosivat niiden läpi, (vai olivatko nämä säteet kuin nuo valon olennot ennen historiaa, rangaistut olennot, jotka jumalallinen oikku oli syössyt alas maahan? Emme tiedä), saapuivat viimein äänettömästi maailmaamme, missä luonto pakotti ne käymään lahdelmalla ja pelloilla sekä kimaltamaan merkityksettömän Uddevallan kaduilla. Oli varhainen aamu, kun Kalle Svensson, tutut työvaatteet yllään, käveli pitkin kaupungin vielä hiljaisia kujia. Hän nyökkäsi vastaukseksi pariskunnalle, joka käveli vastakkaiseen suuntaan, ja huikkasi "God Morgon!" vanhalle teurastajalle ja hänen pojalleen, jotka valmistautuivat päivän töihin. Teurastajan poika vastasi tervehdykseen. Kalle kääntyi apteekkiin ostamaan, kuten oli tehnyt niin kauan kuin muisti, ja kuten muutkin ruotsalaiset aikuiset olivat tehneet apteekeistaan niin kauan kuin he muistivat, pussin salmiakkia. Se lohduttaisi häntä pitkän päivän aikana.

Kauppa oli yhtä valoisa kuin aina ennenkin, yhä täynnä lukemattomien makeisten ja vähemmän miellyttävien asioiden purkkeja ja pulloja. Apteekkari oli sama mies, vain vanhempi. Kalle tervehti häntä ja osoitti yhtä monista myymälän tarjoamista salmiakkivaihtoehdoista, lakritsivalikoiman ollessa yhä samanlainen kuin hänen lapsuudessaan, villi lajitelma – jokainen makeinen täynnä lupausta, on huomattava, paremmasta hyvinvoinnista! Apteekkari punnitsi palat ennen kuin kääri ne tuttuun paperitötteröön. "Ja, kuten tavallisesti herra er… herra Kalle, ja.. ja.. Teille… herra.. öh, viisi äyriä! Viisi äyriä, herra Kalle, jos sopii… herra Svensson, viisi äyriä! Te voitte hyvin, ja äitinne myös?" Hänen äänensä nousi ylöspäin, kuten aina, summan lopullisessa ilmoittamisessa. Apteekkari katsoi ylös pidempään asiakkaaseensa, tirkistäen puolilasiensa läpi, hänen kasvonilmeensä tässä vaiheessa viesti, kuten aina, enemmän haastetta kuin pelkkää pyyntöä, ikään kuin odottaen maksamatta jättämistä ja näin ollen kysellen nuorelta mieheltä, miten hän aikoi maksaa! Kalle valitti, hymyillen. "Hinnat ovat nousseet, herra Wiklund! Tämä on äyri enemmän kuin maksoin viime kuussa. Ja se oli kaksinkertainen siihen verrattuna mitä se oli, kun olin lapsi, jos muistan oikein. Kaksinkertainen!"

"No, no, nyt… Älkää syyttäkö köyhää ruotsalaista apteekkaria, herra Kalle. Kiittäkää Monsieuria, keisari Napoleonia! Kaikki kallistuu tämän sodan myötä. Olemme kuitenkin paljon paremmassa asemassa kuin monet muut, luulisin." Kalle ei näyttänyt vaikuttuneelta tästä huomiosta, mutta apteekkari kohottautui täyteen pituuteensa ja jatkoi julistustaan. "Kyllä, voitte syyttää ranskalaisia. Ja saatamme olla onnekkaita nyt, mutta ei kestä kauan, kuunnelkaa minua tarkkaan, kun joko ranskalaiset tai venäläiset juhlivat Tukholmassa! He ottivat kerran Suomen. He yrittävät uudelleen. Niin suuri maa — mutta aina haluamassa enemmän ja enemmän!" Hän huokasi. "Emme ole ainakaan osa sitä saartoa! Ulkomaankaupassa on vielä runsaasti rahaa, väittäisin, erityisesti Britannian kanssa. Ne skotlantilaiset ja eng antilaiset laivurit osaavat tehdä rahaa! Jospa vain useammat hmiset haluaisivat meidän silliämme, muistakaa! Kyllä. Kalastus oli hieman parempaa, kun olit poika. Nykyään nuori Kalle, se on ammatti, joka ei ui yhtä hyvin kuin ennen."

"Niin voi sanoa. Monet kalastajien veneet makaavat rannalla, yhtä kuivina kuin niiden alla olevat simpukat. Se on enemmän kuin voi sanoa kalastajista! Olet oikeassa. Ajatus on käynyt mielessäni… Täällä asiat ovat päättymässä, tiedän. Hyvää rahaa on saatavilla muualta! Niin… Kiitos. Hyvää päivää teille, hyvä herra!"

Apteekkari viittasi pidätelläkseen häntä. "Ette sattumoisin harkitse oman puusepänverstaan perustamista, herra Kalle? Minun paikkani tuolla takana vapautuu kuun lopussa. Siellä oleva suutari on lähdössä - ei liiketoimintaa, hän sanoo, tai ei tarpeeksi ainakaan. Vuokra on kohtuullinen ja sijainti on hyvä. Tässä kaupungin keskustassa. Asiaa voisi varmaan miettiä, eikö? Kätevää korjaustöille, kun ollaan täällä keskustassa."

"No, herra Wiklund. En voi sanoa ajatelleeni sitä, oma verstas kaupungissa... Ei... Olen luultavasti lähdössä ulkomaille vähäksi aikaa. Se saattaa olla hyvä idea: kuten sanoit, siellä on rahaa, kaupassa. Kiitän teitä tarjouksestanne. Hyvää päivää!"

Apteekkari nyökkäsi hyvästiksi ja Kalle lähti kaupasta, laittaen hieman salmiakkia suuhunsa ja pureskellen samalla kun vilkaisi pihan takaosaa ja vaatimatonta ulkorakennusta, jota herra Wiklund oli ehdottanut. Se oli rapistunut mutta selvästi käyttökelpoinen - savua nousi savupiipusta ja kaivo palveli koko kiinteistöä. Kalle jatkoi matkaansa työpaikalleen - vanhaan huvilaan, joka tarvitsi korjauksia, kaukana kaupungin toisella puolella.

Se, mitä tapahtui seuraavaksi, oli elämän tapaan aivan tavallista, mutta riippumatta siitä, kuinka paljon on filosofioinut ja ennakoinut etukäteen, tällaiset tapahtumat yllättävät silti! Mistä ne tulevat, on kätkettyä, mutta pienimmätkin asiat, jotka putoavat historian sumuiselle lammelle, voivat tahrata ja siten rikkoa sen tyyntä pintaa. Ehkä siunatakseen meitä, tai sattuman oikusta, kirotakseen? Sama tapaus voi ruokkia tai armottomasti tuhota huolimattomien, syyttömien ihmisten kodit ja elämät, jotka muodostavat suurimman osan ihmiskunnasta - lapsen elämä menetetty; pieni kylä tuhottu! Kauheat sodat ja kehittyvät imperiumit, jotka pian ovat loistavia, syntyvät näin! Yhteensattumat, aluksi huomaamattomat, vain erilliset tapahtumat, muodostuvat ympärillämme verhoutuneina aaltoina, asiat, jotka yhtäkkiä temmataan pois luonnollisesta sattumanvaraisesta tilastaan, muotoutuvat, uskomattomasti, mahdottomasti, tulemaan riippuvaisiksi toisistaan, ja kun ne saavat tarkoituksen, nousevat ne määrätietoisina, olipa kyseessä onni tai Jumala, mutta päättäväisinä toimimaan, ne tekevät ja tekevät! Näin kävi sinä päivänä.

Suutarin mökissä oli vain yksi huone. Sitä oli vuokrattu vuosikymmeniä apteekkarilta yhdelle miehelle, surkealle suutarille ja kengäntekijälle. Se näytti pimeältä ja epäviihtyisältä ulkoa katsottuna, ollen vain heikosti valaistu. Sen surullinen ulkokuori, maalaamaton, lukuun ottamatta sään pieksemää puutahraa, heijasti sen yhtä synkkää sisustusta. Verhot olivat kuitenkin pysyvästi vedetty taakse, ja kesällä luonnonvalo melkein riitti, vaikka pimeämpinä kuukausina suutari joutui käyttämään kynttilöitä nähdäkseen työnsä, mikä oli inhoittava kulu. Muutama pari saappaita ja kenkiä roikkui katosta, odottaen myöhästeleviä asiakkaita noutamaan ja maksamaan ne. Kaksi pöytää, täyrnä työkaluja, lestejä, nauloja, vahaa, rättejä, nahkapaloja ja keskeneräisiä kenkiä, piilottivat kumpikin yhden tuolin, molemmat epätasaisia ja eriparisia. Yksi tuoli kantoi yhä näkyviä jäänteitä paremmista päivistä - kustavilainen kappale, kerran kuninkaallinen, jossa oli enää vain heikosti kiinni monikerroksisen mattavaaleabeigen lakan paikkoja, jotka viestivät sen arvokkaasta menneisyydestä. Totta puhuen, se oli vajonnut maailmassa kovasti, sen ylhäinen perintö oli ajan myötä häväisty, voisi spekuloida, omistajaketjun myötä, jotka olivat jatkuvasti laskeneet sosiaalisessa ja taloudellisessa asemassa, kunnes lopulta se oli päätynyt rähjäiselle puolieläkkeelle suutarin luo. Sen ääripäät olivat kihtiset, turvonneet ja halkeilevat, ja sen selkä oli murtunut ja taivutettu, eikä tuoli enää tarjonnut luotettavaa tukea paremmalle puoliskolleen tai suutarin harvoille asiakkaille. Ainoa muu huonekalu oli koksoffa nurkassa pöytiä vastapäätä, joka toimi päivisin "keittiösohvana" ja öisin kapeana vuoteena - sen vieressä oli vanha vaatekaappi.

Oli myös rautainen puuhella, joka paloi suuren osan päivästä palvellen monia tarpeita: vahojen tai väriaineiden valmistamista, antamalla tietynlaista lohtua synkkään huoneeseen, tarjoten lepattavaa valoa joskus avoimesta ovesta ja keinon valmistaa, vakuuttavalla säännöllisyydellä, kaurapuuroa aamiaiseksi sekä lihaa tai kalaa ja keitettyjä perunoita muille aterioille. Suutari ei ollut tuhlaavainen, kuitenkin hänen nenänsä oli punainen.

Se saattoi johtua siitä, että asiakkaita oli vähemmän, joko vaikeiden aikojen säästäväisyyden vuoksi tai kesän tavanomaisesta hiljaisuudesta, kun ihmiset odottivat talveen asti ostaakseen tai korjatakseen jalkineita pakon edessä. Köyhyys saattoi hyväksyä varpaiden aukkojen, kuluneiden pohjien tai liian pienten kenkien epätäydellisyydet. Historia ei kerro meille miksi, mutta jostain syystä suutarilla oli enemmän vapaa-aikaa kuin menneinä vuosina, ja hän täytti hiljaisemmat tunnit pullostaan ottamallaan brännvinillä. Ei ollut harvinaista, että hänen kaltaisensa köyhät kansalaiset tislasivat itse omat viinansa perunoista, koska ne olivat halpoja ja helposti saatavilla, vaikka itse tislaus ja sen tuotteen juominen olivatkin laittomia ja terveydelle vaarallisia.

Uudet mustalakatut kengät istuivat lähellä hellaa. Pieni, pitkävartinen lapio roikkui uunin oven raosta pitäen sen osittain auki, ja yläpuolella kattilassa jotain porisi perunoiden kanssa, unohdettuna ja hajoamassa. Suutari istui synkkänä, puolijuopuneena ja juoden. Ovelta kuului kahinaa. Hän katsoi ylös – ja joi sitten lisää. Se oli todennäköisesti ohikulkeva rotta. Lopulta ryhdistäytyen, juopunut suutari työnsi työnsä syrjään, nousi pukeakseen takkinsa ja kätkien pullon sisätaskuunsa, suuntasi epätasaisesti kohti myymälän ovea, kaataen mennessään ulkonevan lapion.

Päivän kirkkaus tuntui sokaisevan hänet, joten suojaten silmiään hetken, hän laahusti apteekin sivulle ja katosi sitten kadulle.

Kuten Herramme tai onni olisi suonut, palava tikku oli poistunut uunista kaatuneen lapion mukana ja kierinyt puulastuilla peitetylle lattialle lähelle hellaa. Aluksi ei tapahtunut mitään merkittävää, mutta ajan myötä, kuten poika näkee vangitessaan auringon suurennuslasin läpi ja ohjatessaan sen kuivalle lehdelle, savukiehkura ilmoitti pienestä liekistä, joka sytytti sen alla olevan pölyn ja levisi siitä suurempaan lastuun vieressä. Ennen pitkää lattia oli tulessa! Oli kesä, hellan viereen heitetty puupino oli pieni, mutta se oli kuiva ja syttyi nopeasti, ja tuli levisi ylös seinää pitkin. Suutari oli nyt kauempana, eksyneenä puskiin ja pitkään ruohoon muiden juoppojen kanssa, kun hänen huonekalunsa, työpenkkinsä ja kotinsa paloivat! Liekit nousivat ylös, saavuttaen ympäröivät puut, polttaen hoitamattoman pihan ruohoa ja lehtiä, joka oli yhteinen apteekin kanssa. Apteekkari, savun hälyyttämänä ei nähnyt mitään myymälän edestä, avasi takaikkunansa ja henkäisi epäuskoisena. Hän juoksi pihalle seisoen jäykkänä järkytyksestä nähdessään omaisuutensa palavan. Herra Wiklund nosti kätensä päänsä ympärille, kuin transsissa, tyrmistyneenä avuttomuudestaan, tajuten, että aivan hänen edessään hänen kauppansa, hänen kärsivällisesti ja tarkasti rakkaudella rakentamansa historiansa, seinät ja hyllyt, jotka sekunneissa palaisivat, menisivät rakkuloille ja murenisivat, olivat yhä pystyssä! Hän ei voinut tehdä mitään! Noilla seinillä oli tuhansien aikuisten ja lasten puheensorina, pullojen ja purkkien kilinä, kaikki hänen ja hänen isänsä työntäyteisen elämän äänet, epäoikeudenmukaisesti tuomittuina välittömään teloitukseen! Hänet pakotettiin pois näistä ajatuksista, sillä tuli oli löytänyt tiensä pihan poikk hänen ja tuomion saaneen kaupan luo. Hän kääntyi, liian tuskissaan itkeäkseen, ja juoksi näkymästä pahaa-aavistamattomalle kadulle, huutaen hälytystä.

Palokunta saapui liian myöhään estääkseen tulipalon leviämisen puiden ja naapuritalojen kattojen yli. Kohtalainen tuuli oli lisäksi tarttunut liekkeihin ja kuljettanut ne pahansuovasti kadun yli takana oleviin rakennuksiin ja ylös mäkeä kohti kirkkoa. Tuli kieppui, nappasi mukaansa kuivia lehtiä ja oksia, jotka olivat maanneet hylättyinä liian pitkään tänä kesänä, ja kostaen lennossa, ne sukelsivat ja nousivat jälleen, lepattivat Puckin kaltaisella ilkikurisuudella sytyttäen keskeisen Uddevallan puutarhat, pensaat ja puut. Ihmiset syöksyivät ulos paniikissa, kuten ihmiset tällaisissa tilanteissa tekevät, jotkut ämpäreillä kaivaen vettä kaivoista, toiset omituisilla metallisilla paloruiskuilla, jotka imivät vettä ämpäreistä ja toivoivat epätoivoisesti voivansa pelastaa kotinsa! Monet käyttivät pitkiä hamppuharjoja, jotka oli tarkoitettu tulen torjuntaan, mutta jotka nyt tuntuivat naurettavan riittämättömiltä! Toiset tarttuivat mihin tahansa, täyttäen purkkeja, astioita, epätoivoisina, mutta jo valmiiksi hävinneinä tällaisen nopean palon aiheuttaman myrskyn edessä, jonka sammuttaminen oli täysin mahdotonta. Tuli satoi taivaalta, kun puut paloivat ja oksat räjähtivät, syöksyen maahan, ajaen lapset ja vanhemmat pakoon, haavoittuneina, välttääkseen tuhoutumisen tässä ennakoimattomassa maailmanlopussa. Vai oliko se lempeämpi puhdistus? Joen rannalla tammen oksat nojautuivat toisiaan kohti, lehdet kuin jakautuneet tulikielet, suudellen verenpunaisia serkkujaan vastarannalla, oksia, jotka olivat jääneet hoitamatta koko vehreän kesän ajan. Niiden intohimoiset huulet alkoivat pian savuta ja palaa, kielet leikkien, hillittöminä uudistumisen ja hengellisen valaistumisen orgiassa. Kiireinen tuuli puhalsi voimakkaasti! Huulet lipaisivat viettelevästi, hyväillen jokaista puuta, jokaista kotia, kauppaa ja koulua jokaisella rakastetulla kadulla - intohimo pysäyttämätön! Jokainen kuuli ja ymmärsi toista ja vastatessaan löysi, absurdisti, puhtaan intensiteetin mustenevasta uunista! Heidän sydämensä paloivat sisällään, kun kaikki muu ympärillä paloi!

Kaupungin asukkailla ei kuitenkaan ollut tilaa sellaiselle pohdinnalle, sillä he olivat vastahakoisia kaikille ajatuksille tulikielien laskeutumisesta minnekään, vähitenkään heidän päälleen! Kauhu, kuten näissä tilanteissa väistämättä tapahtuu, joko valtasi tai tarttui heihin - ehkä se teki molempia. He juoksivat! Syöksyivät! Pelastivat! Katkerasti katuivat! Tekivät parannusta! ... Vetäytyivät! Hillitön, turha pumppaaminen riittämättömiin nahkaämpäreihin hylättiin! Palovaunut, joita huutavat miehet kuljettivat ja jotka kantoivat suuria ruiskuja, osoittautuivat kömpelöiksi - aivan liian ohuiksi ja pieniksi vaikuttaakseen tähän infernoon! Kauppiaat ja talonomistajat yrittivät napata tavaransa ennen lähtöään, mutta ulkopuolen hehkuessa ja uhatessa vain harvat onnistuivat. Useimmat pakenivat sitten. Pelästyneet hevoset karkasivat ja silmät kauhusta pyörien ne laukkasivat hurjina pitkin katuja, Diomedeksen tammoina, vaarallisina kaaoksessa! Toiset, jotka jäivät loukkuun talleihinsa, paistuivat elävältä holokaustissa, niiden hirnunta ja rimpuilu oli kauheaa kuultavaa - sekoitus niiden pelkoa ja viimeisiä tuskia!

Kaupat olivat poissa. Hiiltyneet, nyljetyt puunsormet osoittivat savun läpi välinpitämättömään taivaaseen, joka oli nyt tuhkan sumentama, kätkien sen kesänsinisyyden, jota se vasta äskettäin oli luvannut. Toivon linnake, jossa sukupolvet olivat rukoilleet pelastusta juuri siltä, mikä heitä nyt kohtasi, osoittautui yhtä ajalliseksi. Kuten vanha temppeli, se oli raivostuneiden uskottomien polttama ja tallottu pölyksi ja tuhkaksi, ainakin tuhkaksi, yhdessä niiden lausuttujen rukousten kanssa, joita se oli vastaanottanut. Byfjordenin lahti levittäytyi loistavana, punertavana ja aistillisena, säteillen yliluonnollista kauneutta, kun Uddevallan oikeamieliset mielet myöhemmin kertoivat, että itse Beelzebub oli marssinut sen edessä, kulkien ylös ja alas tulikivien keskellä, röyhkeästi. Turhamaisena ja päättäväisenä! Merestä oli tullut vain upea peili hänen nuotiolleen, sen heijastus hehkui, pilkaten kaupungin ja sen kristittyjen asukkaiden epätoivoa.

Kalle, joka oli jäänyt loukkuun kauas kotoa, yritti juosta takaisin tulimyrskyn läpi, mutta ei pystynyt, joten hän teki sen sijaan parhaansa pelastaakseen osan kaupungistaan. Ylikuormittuneena, huimauksesta kärsivänä ja suunniltaan, hiki valuen ja palon tahrimana, hän huomasi pian olevansa eksyksissä muuttuneessa maisemassa. Hän suuntasi kotiin niin hyvin kuin pystyi, kunnes tuli liekehtivän kartanon luo, joka näytti olevan hylätty. Se sijaitsi kauempana tiestä, erittäin korkean kuusiaidan takana, ja oli sijoitettu niin, että sen etupiha ja sivupuutarha olivat tien suuntaan - ei suoraan tielle. Se oli helppo ohittaa, ja vain savu oli herättänyt Kallen huomion. Yksi portti oli auennut, ja Kalle juoksi sisään. Se oli perinteinen puinen kartano, joka sijaitsi suuressa puutarhassa, jossa toisessa päässä oli metsikkö, rikkaiden omistama tietysti. Se oli maalattu mattakeltaiseksi ja siinä oli suuret, valkokehyksiset kattoikkunat. Palava katto oli laatoitettu hillityllä punaisella ja suunniteltu ihastuttavaan mansardityyliin, joka oli niin suosittu Ruotsissa, ja josta aikoinaan iloiset ikkunat katselivat ulos. Muutama askel johti katetulle kuistille, jota tuki neljä valkoista, pyöristettyä puupylvästä, kapenevaa mutta muuten yksinkertaista ja vaikuttavaa. Kuisti tuki yläpuolella olevaa parveketta, joka oli viimeistelty valkoisella puukaiteella, nyt tulessa. Ulkopuolta oli koristeltu maalatuilla kukkakoristeilla, osa liekeissä ja murenemassa, ja kukka-amppeleilla ympäriinsä – joko palaneina tai putoavina. Sen tuho, tarkkailija saattaisi huomata, kuvasi koko kaupungin kohtaamaa tragediaa, kun yksinkertainen kauneus tuhoutui toiminnallisen rinnalla. Tämä piinaaja ei kunnioittanut luokkaeroja.

Keräten itsensä, Kalle löysi talon hyvin ja aloitti tutun prosessin veden nostamisesta ja liekkien sammuttamisesta, työskentellen etupuutarhassa, sillä sieltä tuli vaikutti todennäköisimm n leviävän. Hän työskenteli yksin hetken aikaa. Lähellä, tien toisella puolella, oli muita, mutta he olivat kiireisiä pienen kartanon ja tallien parissa. Katto ja yläkerta paloivat vaarallisesti, ja roskat putosivat alas, sytyttäen pieniä tulipaloja puutarhassa. Näiden leviämisen estäminen oli parasta, mitä Kalle saattoi toivoa. Hän ei halunnut mennä lähemmäs rakennusta, sillä kuumuus ja vaarat olivat ilmeisiä. Yhtäkkiä kuului kova romahdus, järkyttävän äkisti, kuin jokin olisi romahtanut kartanon sisällä - ehkä palkki tai osa portaikkoa. Hän jatkoi työskentelyä, mutta kuuli pian etäisen huudon. Kalle ei ollut uskonut, että kukaan olis voinut jäädä sisälle, mutta lähestyessään huutoja, hän tuli ikkunan luo ja kurkisti sisään. Edelleen ei näkynyt ketään; ei ketään, kenelle puhua. Liekit näyttivät pilkkaavan häntä.

"Hej! Hej! Kutsuiko joku? Onko siellä joku? Ettekö pääse ulos? Kuuletteko?" Ei tullut vastausta, joten Kalle vetäytyi takaisin. Sitten hän kuuli sen uudestaan. Miehen ääni vastasi käytävän äpi, heikentyneenä, ilmesesti tulen tai jonkin vamman vuoksi. Kalle ei edelleenkään nähnyt, missä mies oli. Suojaten päätään, käsivarret kohotettuina a ristittyinä, hän astui takaisin ikkunan luo, josta nyt tulvi mustaa savua.

"Auttakaa minua! Auttakaa minua! Olen loukussa! Älkää... Olkaa niin kiltti... joku? Voitte tulla sisään. On vielä turvallista Vain... minä! Herregud! Vapauttaisitteko minut?" Kalle katseli ympärilleen apua etsien, mutta ketään ei ollut, joten hän rikkoi etuoven ja astui eteiseen, joka oli vain puoliksi tulessa. Savun keskellä oli epäselvä hahmo makaamassa portaiden alapäässä. Lähestyen hieman, mutta varoen putoavia puunpaloja, Kalle näki miehen makaavan kasvot alaspäin, aivan hiljaa, tukien ylävartaloaan yhdellä käsivarrella rintansa alla voidakseen puhua. Hän ei selvästikään pystynyt liikkumaan ja hänen täytyi olla kovissa kivuissa.

"Auta minut pois täältä! Yrittäessäni paeta tulipaloa kompastuin portaissa ja pyörryin. Heräsin juuri. Tämä palkki... se putosi jaloilleni! Olen loukussa, Jumalan tähden! No, älä vain seiso siinä! Saatana, nosta tämä palkki pois päältäni!"

Kalle siirtyi nostamaan palkkia, mutta se oli raskas - ilmeisesti tukirakenne, paksumpi kuin muut palkit. Se oli kiilautunut ympäröivään puuhun ja sen siirtäminen vaati huomattavaa ponnistelua. Hän valmistautui ja puhui rohkaistakseen uhria: "Hyvä on! Luulen, että pystyn siihen. Jumala antakoon minulle voimia! Kierähdä vain pois siitä. Jos voit, kierähdä, kun nostan sen ylös."

Mies puhui nyt kuin peläten henkensä puolesta. "Jos voin... Jos voin! Ha! Mutta ole nopea. Kipu! Jalkani! Ne ovat... murtuneet. Taivaan tähden. Nopeasti! Nopeasti, mies!"

Tuli lähestyi ja liekkien räiske voimistui. Näin läheltä Kalle aisti, kuinka rakennusta syötiin nopeasti, liekit ahneina, liian nautinnollisina pysähtyäkseen. Kaikella voimallaan hän huusi ja nosti pilarin! Mies kierähti osittain pois alta, hänen vartalonsa ja kasvonsa olivat nyt ylöspäin, mutta hän ei pystynyt siirtämään jalkojaan pois. Murskautuneet raajat olisivat jälleen kiinni, jos Kalle pudottaisi palkin, joka oli yhä osittain kiilautunut paikalleen - eikä hän voinut samanaikaisesti siirtää miehen rampoja jalkoja ja tukea palkkia!

"Yrittäkää, herra, yrittäkää siirtää ne pois. En voi tehdä enempää kuin tämän! Käyttäkää vain voimaanne... liu'uttakaa niitä vähän... vähän jotta...". Kalle katsoi alas puhuessaan ja näki ensimmäistä kertaa tuntemattoman kasvot. Hän piti palkkia, transsissa. Miehet tuijottivat toisiaan, ja hetkeksi tuntui olevan aivan hiljaista; ainakin melu sulkeutui pois, huolimatta tulimyrskyn pauhusta. "Gunnar... Gunnar Bäckström?"

"Kyllä! Kyllä! Mitä siitä? Miten se voi liittyä mihinkään, Jumalan nimeen?"

Nuori mies epäröi hetken. "Olen Kalle Svensson."

"Sinä? Sinä? Voi Jumala ei! Ei! Kaikista mahdollisista. Ole armollinen, pyydän. Svensson, en pysty liikkumaan... Jalkani! Minä... Vain käymässä täällä. Ei ole ketään muuta. Ole hyvä ihminen. Kalle, auta minua! Ole kiltti!... Jumalan nimeen, pyydän... Olen pahoillani, kyllä! Totisesti, olen katunut!"

Kalle pystyi vain tuijottamaan. Gunnarin ääni nousi virkuvaksi hänen lauseidensa lopussa. Mutta hänen sanansa, vain yksi ääni lisää tulen kakofoniassa, jäivät kuulematta. "Olin nuori! Voin maksaa sinulle: Palkkio! Me... Näytä minulle armoa. Kristuksen tähden, jos ei minun itseni, mies! Kristittynä, Kalle! Tiedätkö, Kalle, se oli Davidin idea - mitä hän teki sinulle - ei minun!" Yritetty hymy vain vääristi hänen kasvonsa.

Bäckströmin ääni voimistui, mutta kuin vesi graniittiin, se ei tehnyt mitään eroa. Kalle jatkoi yksinkertaista tuijottamista, mielensä ollessa sisällään, ikään kuin sielu irrallaan, tietämättömänä muutaman sekunnin ajan tilanteesta tai liekeistä. Aika katosi muistoihin. Se palautui tuskin ollenkaan, ellei savun vuoksi, joka ravisteli Kallea hereille. Hän katsoi ympärilleen kauhuissaan ja sitten taas avuttomaan Gunnariin. Paniikki oli vaihtunut velvollisuuteen ja päättäväisyyteen. Gunnarin tuskainen hymy muuttui pian pelon ilmeeksi. Hän näki Kallen tuijotuksen ja epäröinnin, ja ojensi kätensä vetoavasti, mutta sulki silmänsä odottaen.

Kalle laski palkin hitaasti takaisin. Jalat rusahtivat hieman ja Gunnar huusi, kun hänen kehonsa tärisi. Kalle vetäytyi taaksepäin ja puhui hiljaa. "Niin oli. Niin on. Niin on."

Se poltti Kallen sielua. Se ei ollut valtavan traumaattista - sillä hetkellä. Vain tuomion häivähdys, joka loisti salaperäisesti; katarttinen hetki, joka ylitti rikosoikeudellisen. Poistuessaan tulipalosta hän kuuli Gunnarin kamppailevan äänen vetoavan häneen ja samalla kiroavan häntä.

"Älä hylkää minua!! Etsi ainakin joku toinen auttamaan. Olen ihminen! Olen ihminen, Kalle! Jumala kiroaa sinut helvetin tuleen! Kuka pelastaa sinut, Svensson? Kuka pelastaa sinut silloin? Ei kukaan! Olet yhtä yksin kuin minä! Tule takaisin. Rukoilen sinua, Kalle Svensson!!"

Kalle seisoi puutarhassa, hänen katseensa oli lasittunut, kuin kuolleena, huojuen kuumuudesta, yskien ja kuitenkin kiinnittyneenä katsomaan, lumoutuneena, kuinka talo ja sen uhri joutuivat liekkien valtaan. Koko tilanne oli kauhea – merkittävä tapahtumana mutta myös sattumana. Gunnarin raivo kuului yhä heikosti savun ja rätisevän, palavan ja paukkuvan tulimyrskyn läpi, josta Kalle oli juuri päässyt pakoon. "Tule takaisin! Tule takaisin! Millainen mies voi...tehdä tämän? Mikä teki sinusta, Svensson, että...? Kiroan sinut! ...Sinä tulet... ylittämään... elämän,... Kirottu paholainen! Saatana!"

Sitten hän vaikeni. Nuo saattoivat olla hänen viimeiset sanansa. Hänen puheensa kävi nyt vaikeasti erotettavaksi. Kalle huohotti, taistellen ilmaa saadakseen kuin ilmaa vailla olevassa huoneessa. Hänen silmänsä vuotivat. Häpeä ei tullut päätöksestä tai teosta itsestään, vaan jostain muusta, jostain oudosta, mikä kuristi häntä. Hän kohotti päätään, venyttäen kaulaansa, kamppaillen hengittääkseen. Lähes tukahduttava savu täytti nyt hänen sieraimensa palavan aistillisilla rikkailla tuoksuilla. Ja hän oli haltioissaan. Hänen päätöksensä voima, hänen moraalinen valintansa, riippumatta siitä, mikä valinta oikeastaan oli, oli itsessään ylivoimainen. Hän riemuitsi. Hän tunsi oikeudenmukaisuuden tunteen, sillä hän ei ollut enää palvelija, vaan Mestari. Kalle täytti keuhkonsa uudelleen ja sitten taas. Se tyydytti.

"Hej! Hej sinä siellä! Älä vain seiso siinä! Talossa voi olla ihmisiä! Oletko tarkistanut? Katto romahtaa hetkenä minä hyvänsä! Voi, se on iso! Luulin kuulleeni huutoa hetki sitten, missä olin. Ei kauaa. Kuulitko sinä, nuorukainen? Kuulitko mitään? Et mitään?"

"Ei, herra. En kuullut mitään. Ei täällä ollut huutoja. Katso. Ei vettä lähellä – vain tuo pieni kaivo ja yksi ämpäri. Tein minkä pystyin, herra. Ei epäilystäkään siitä. Kuka tahansa siellä sisällä olisi ollut auttamattomissa. Kauan poissa ennen kuin saavuin, sanoisin!"

"Joo, nyt on liian myöhäistä, luulen minä! Vaikka vettä olisi ollutkin! Olet kuitenkin varma, eikö niin? Ei ketään?" Vanha kaupunkilainen irvisti. Kalle kääntyi kohtaamaan hänet, palaten nykyhetkeen yhtä äkkiä kuin oli siitä poistunut. Hän katsoi suoraan hänen silmiinsä.

"Kyllä, herra. Kuten sanoin. En nähnyt mitään pelastamisen arvoista. En kuullut mitään, oikeasti." Hän ohitti miehen ja käveli alas ajotietä. Hän mutisi itsekseen kävellessään, kuin rukouksessa: "Jumala siunatkoon meitä, Maria! Maria! Jumala siunatkoon meitä ja pelastakoon meidät tästä."

Vanhus huusi hänen peräänsä, päätään pudistellen: "Ei ole hyvä jäädä tähän juuri nyt. Seuraan sinua. Nuo liekit nielevät kaiken lähistöllä! Tämä paikka on varmasti tuhoon tuomittu! Jopa nuo rikkaiden kodit Lagerbergsgatanilla ovat enimmäkseen menneet! Lagerbergsgatan! Ja kirkko on myös tuhoutunut, tiedätkö! Kirkko, sanon sinulle! Nyt siinä on todellinen tuomion merkki! Ar-

vokkaampi kuin tuhat helvetintulen saarnaa, sanoisin! Vai mitä?"
Huvittuneena hän kiirehti ajotietä alas liittyäkseen Kallen seuraan.

Uddevalla tuhoutui 29. heinäkuuta 1806. Lukuisista rakennuksista, taloista, hallinto- ja liiketiloista, jotka muodostivat kaupungin, vain neljä jäi pystyyn yhdessä Agnebergetin kellotornin kanssa, joka oli rakennettu kivestä ja siten turvassa mäellä. Noin neljätuhatta ihmistä jäi kodittomiksi ja joutui vararikkoon. Kummallista kyllä, sinä päivänä menehtyi vain yksi henkilö. Eräästä talosta löydettiin miehen ruumis, hiiltynyt ja tunnistamaton. Tähän päivään mennessä hänen nimensä on pysynyt tuntemattomana.

12. PUNNITTAVANA

Svenssonien koti ei ollut säästynyt tulipalolta. Tuli näytti olevan vähemmän voimakas tässä vaiheessa, tyytyväinen varmaankin, siirtyessään uudelle alueelle, jättäen taakseen tuhottuja koteja ja elämää. Liekit näkyivät edelleen puutarhoissa ja muutamissa taloissa, mutta roihu oli laantunut. Kalle juoksi kohti kotiaan toiveikkaana, mutta lähestyessään hän näki kadun ja sitten sen, mikä oli ollut heidän talonsa, jossa hänen vanhempansa olivat kasvattaneet lapsensa ja jossa hänen omat onnellisimmat muistonsa asuivat. Jotkut naapurit seisoivat alakuloisina, lohduttomina ja taistelusta uupuneina, kun liekit olivat riehuneet vapaasti hedelmätarhojen ja yhteismaiden, karjasuojien ja kanaloiden, navettojen ja aikaisen sadon hedelmien läpi; olivat kuluttaneet arvokasta ruista pienten talonpoikien pelloilla ja syöneet heidän rakastetut asuntonsa. Jotkut nojasivat porttiinsa tai aitaansa, jos heillä oli sellainen jäljellä, joko uupumuksesta tai nauttiakseen viihteestä, katsellen maailman todellakin tuhoutuvan varhaisessa Armageddonissa. Oli myös lohduttavaa nähdä muiden kamppailevan kuten itse oli kamppaillut ja nähdä heidän menettävän kuten itse oli menettänyt! Nähdä heidän itkevän ja toimia lohduttajana, olla haluttu ystävien, tai vielä parempi, vihollisten, rehellisen ja kipeän tarpeen kautta. Se myös tyydytti ja toi lohtua. Eikä se loppujen lopuksi ollut huono asia, sillä se tyydytti oudolla tavalla vanhoja kateuksia. Se, että tuli oli universaali tasoittaja, voitiin nähdä monella tavalla.

Kadun molemmin puolin oli puita, jotka kesä toisensa jälkeen muodostivat onnellisen lehtikujan herkistä lehmuksista ja koivuista, antaen muuten ansaitsemattoman armon kapealle soratielle. Nämä puut seisoivat nyt repaleisina, säädyttömän alastomina, kuin häpeän mustina orjina, joita oli raa'asti käytetty, kauneus raiskattu ja sitten hylätty lähes tunnistamattomiksi. Pensasaidat, kuihtuneina ja kuluneina, olivat kokeneet samojen rosvojen vierailun, jotka tulivat ryöstämään ja riisumaan luonnon kesäisen viattoman kukoistuksen; vähemmän kestävät, epäluuloiset poikaset. Katu oli vandalisoitu ja poltettu! Tuhka peitti kaiken kuin likainen lumi, jos ei klassisissa mittasuhteissa, niin riittävästi tuodakseen oppineelle mielelle mieleen Pliniuksen historian traagisen loppunäytöksen.

Kalle pysähtyi kotinsa edustalle. Näkemänsä liikuttaisi häntä ikuisesti. Äiti oli yksin, kumartuneena sammuttamassa pieniä tulipaloja, kasvot ja hiukset noessa. Kun Kalle astui pihaan, äiti kuuli hänet, suoristautui ja, tunteidensa murtuessa, juoksi hänen luokseen lyöden päätään käsillään, hänen itkunsa ylittäen tulen äänen ja kaikuen pitkin katua. Kalle piteli äitiään lähellä itseään surun vallassa ja he lohduttivat toisiaan tällä tavoin, sillä ei ollut mitään, mitä mies voisi sanoa äidilleen tällaisen menetyksen kohdatessa. He seisoivat näin pitkän aikaa, sanattomina, hän halaten äitiään ja taputellen rauhoittavasti, ja äiti ammentaen voimaa hänen läsnäolostaan, molemmat liian uupuneina enempään.

Sven oli ollut isän maatilalla viikon ajan ja sai kuulla katastrofista liian myöhään. Näin ollen asiat jäivät Kallen hoidettaviksi. Hän kiersi katsomassa, mitä voitaisiin pelastaa, jos mitään, ja mitä alemmista seinistä voisi käyttää uudelleenrakentamiseen. Hän näki tulipalon suoran jäljen, joka vieläkin savusi kuin veitsi lihan läpi, sen polku kulki naapurin talosta, puutarhan halki ja omenapuiden läpi talon itäseinään. Hän kiipesi kivisiä portaita, jotka kerran johtivat ulko-ovelle. Katsellessaan ympärilleen hän tunnisti muutaman sängyn ja ruokapöydän, kaapin jäänteet, uunin; mutta pienemmät esineet, seinävaatteet, vaatteet ja heidän lelut, jotkut tuolit mukaan lukien isän keinutuoli, olivat kadonneet tai olivat liian mustuneita tunnistettaviksi tai pelastettaviksi. Kirjatkin olivat pahoin palaneet, vaikka kokoelma arkussa olisi voinut säilyä paremmin - Kalle ei voinut sanoa siitä kohdasta, jossa hän seisoi. Osa pohjakerroksesta oli romahtanut kellariin ja niin siellä varastoitu ruoka ja työkalut olivat myös tuhoutuneet. Hän saattoi vain kiittää siitä, että perhe oli elossa! Menneisyys ja sen vilpittömät aarteet olivat murentunut tuhkaksi ja pelkiksi muistoiksi. Tämä, enemmän kuin fyysinen ahdinko, iski häneen kovaa.

Kalle palasi puutarhaan ja tutkiessaan kivisiä kellarin seiniä (kaikki olivat palaneet, mutta pääosin vain pinnalta, joten eivät täysin tuhoutuneet), hän näki, yhden seinän sisällä piilossa, lapsen suksen, joka oli pudonnut halkeamaan ja jotenkin säilynyt. Se oli osittain hiiltynyt, mutta ehjä ja toi Kallelle jonkin verran iloa, kun hän nosti sen esiin. Tämä oli jotain, mitä he kaikki olivat jakaneet, sillä se oli kuljettanut heidät lapsellisessa hurmiossa monen talven lumilla; ensin Mariaa, niin traagisen onnellisena, sitten Sveniä ja lopulta siitä oli tullut Kallen. Hän asetti sen varovasti takaisin ja palasi äitinsä luo, edelleen hajamielisenä ja kompastellen roskiin kävellessään, ja puhutteli häntä.

"Koko vuono oli liekeissä. Näytti siltä kuin se olisi ollut tulimeri! Et ole koskaan nähnyt mitään vastaavaa! Kirkko, äiti — kirkkoa ei enää ole! Tämä kaupunki on kohdannut tuhon, äiti! Kuin näkymätön käsi olisi kirjoittanut seiniimme: 'Sinut on punnittu vaa'alla ja sinut on havaittu kevyeksi!' Ja kuin vanha Babylon, kaatunut ja tuhoutunut. Jumala on tänään näyttänyt kostonsa täällä."

"Mitä tarkoitat? Jumalan kostoa? Miksi? ... Tämä on kristillinen kaupunki! Ihmiset ovat köyhiä mutta hyviä. Ei. Ei Uddevalla. Ainoa käsi tässä helvetin tulessa on Paholaisen!"

"Äiti, tyttäresi, sisareni, on kostettu! Maria on kostettu tässä katastrofissa! Usko minua! Emme ole koskaan olleet lähempänä Jumalaa kuin tänään!"

"Maria! Maria? Mitä tarkoitat, poikani? Miksi mainitset hänen nimensä? Kuinka tässä... tässä tragediassa puhut Mariasta? Ja kuinka ihmeessä olemme lähempänä Jumalaa? Sinä hourailet, poikani!" Kalle tutki äitinsä kasvoja, nyt karkeina, ryppyisinä ja arpien peitossa.

"Tämä ei ollut kristillinen kaupunki. Eikä ole koskaan ollutkaan. Se eli jumaluuden hölynpölyllä, mutta sen ravinto edusti vääryyttä!" Hän puhui juuri ja juuri kuiskaten. "Tarkoitan mitä tarkoitan. Äiti, kaikki on hyvin. Älä huolehdi nyt. Menemme isoisän tilalle – Sven tulee varmasti pian hevosen kanssa. On kesä – voimme kunnostaa paikan. Se ei vaadi paljon! Ja äiti, rakennamme kotimme uudelleen hetkessä ja voin auttaa Sveniä, niin saamme sen valmiiksi yhdessä. Saat kotisi takaisin, äiti."

Niinpä perhe muutti tilalle, ja he keskittyivät valmistamaan tilaa ja hankkimaan ruokaa ja tarvikkeita talvea varten, tuota kauheaa vierailijaa, jonka pitkä viipyminen ja taipumus tuhota valmistautumaton isäntä oli yleisesti ei-tervetullut. Pojat työskentelivät ahkerasti välttämättömien kunnostustöiden parissa. He purkivat ulkorakennuksen, joka oli kohtuullisessa kunnossa, saadakseen puutavaraa. Naapuri oli lahjoittanut vanua korvaamaan osan maatilan rappeutuneesta eristyksestä, ja puita hakattiin hellaa, saunaa ja tulia varten. Tehtävän valmistuttua perhe tunsi olevansa parhaalla mahdollisella tavalla valmistautunut tulevaan pakkaseen.

Talon viimeinen työilta syyskuussa oli kirkas ja edelleen valoisa, vaikka kello oli lähes yhdeksän. He olivat käyneet saunassa ja rentoutuivat ulkona, äiti tarjoili hernekeittoa ja istui portailla syöden Svenin kanssa. Kalle käveli saunamökistä ulos, ja nälkäisenä päivän työstä, veti tuolin ja liittyi mielellään aterialle. Tuttu ruisleipä oli täyttävää ja jokainen sai kannullisen olutta, mikä oli harvinainen herkku äskettäiset koettelemukset kokeneille Svenssoneille. He söivät h ljaisuudessa, kunnes Sven katsoi ylös ja puhui suupielien lomasta. "Meidän molempien on palattava töihin kustannusten maksamiseksi täällä ja kodin uudelleenrakentamiseksi, äiti. Säästömme eivät kestä kauaa. Kaupunki on liian köyhä auttamaan paljon, ja niin näyttää olevan kuningaskin, hitto vieköön hänet! Hän ja hänen veriset sotansa voittavat meidät täällä kotona ennen kuin yksikään vihollisen armeija edes astuu Ruotsiin!"

Kalle lopetti syömisen, laski kulhonsa maahan ja nojautui eteenpäin tarttuakseen äitinsä käteen. "Täsmälleen, Sven. Äiti, hän on oikeassa. Tarvitsemme rahaa, eikä työ täällä maksa tarpeeksi – ainakaan uusia taloja! Äiti, Sven – olen ajatellut, mikä on parasta näissä muuttuneissa olosuhteissa. Aion mennä merille. Kauppalaivaan. Ansaitsemaan, äiti. Ne maksavat parhaat palkat ja raha on nyt niin vähissä... varsinkin kun tämä tulipalo vaikuttaa meihin kaikkiin. Se on jotain, mitä haluan..."

Hänen äitinsä pysähtyi, järkyttyneenä ja kyyneleet alkoivat täyttää hänen silmiään. Hän ei pystynyt puhumaan, mutta pyyhki kasvojaan ja otsaansa hymyillen. Hanne nousi ja katsoi poikaansa epäuskoisena, joka taipui hyväksynnäksi. Hän laski kätensä Kallen olalle, yhtä paljon tukeakseen itseään kuin saadakseen lohtua ja anoakseen. "Oletko lähdössä? Tällaisena aikana? Kun vanha talo on mennyttä? Isä poissa, Sven töissä kaupungin ulkopuolella. Meidän Maria – taivaassa! Olet perheeni, Kalle. Olet kaikki, mitä minulla on lähelläni... Älä lähde, poikani! Selviämme tästä. Purjehtiminen on niin vaarallista, kun tämä sota riehuu."

Sven ei sanonut mitään, vaan jatkoi syömistä ja katsoi veljeään. Kalle vaikutti päättäväiseltä suunnitelmansa suhteen, ja Sven tiesi, ettei mikään voisi muuttaa hänen mieltään, kun se oli jostain päättänyt. Kalle vastasi:

"Minun on lähdettävä. Mitä minusta muuten tulisi? Entä meistä? Ilman rahaa? Täällä ei ole enää mitään minulle, äiti. Uddevallassa ei tule pian olemaan työtä! Kaupungilla ei ole rahaa jälleenrakentamiseen. En halua kuolla taistellessani armeijassa, ja puusepäntyön palkat ovat surkeat, mutta voin ansaita tarpeeksi sinulle ja jälleenrakennukseen, jos työskentelen laivassa. Joka tapauksessa minun on mentävä. Ei ole enää vaihtoehtoja!"

"En ymmärrä, miksi ei ole vaihtoehtoja! Äitisi tarvitsee sinua ja niin tarvitsee myös tämän kaupungin jälleenrakentaminen. Me pärjäämme, kuten sanoin. Tämä on niin äkillistä, Kalle!"

"Uddevalla on mennyttä, äiti. Se on kuihtunut viime vuosina ja on nyt vain kuori vanhoille ja köyhille. Se on tuomittu. Sven voi hoitaa maatilan ja tehdä rakennustyöt, kun ehtii. Minä voin ansaita enemmän merillä, äiti. Tuen sinua! Lähetän rahaa kotiin. Kerron kuulumisia, äiti. En pyydä lupaa. Tavoittelen hyvää!"

"No mihin kuvittelet meneväsi? Koko Eurooppa on sodassa, poikani. Älä anna houkutella itseäsi helpolla kullalla! Työskentely laivalla kaikkien näiden tapahtumien keskellä... Se on vaarallista, Kalle. Siksi he maksavat parempia palkkoja! Ja sinulla, älä unohda, ei ole lainkaan purjehduskokemusta!"

Kalle hymyili: "Älä huolehdi, äiti. Purjehdin itään. Haluan nähdä maailmaa; ehkä Australiaan. Tai länteen, Amerikkaan. Voin työskennellä laivalla Englantiin, kuten isä. Sitten siitä eteenpäin!"

Hän nousi, inspiroituneena, mutta Sven nauroi, sanat täynnä luonnollista huolta.

"Me luomme maailman siihen, missä olemme! Asumme maapallolla, jonka muokkaamme! Ruotsissa, Byfjordenissa, jopa tällä maatilalla, rakkaidesi kanssa, on oma maailmansa. Ei ole mitään niin erilaista Jumalan auringon alla merten takana, nuori Kalle! Tulet huomaamaan sen!"

Keskustelu hiipui pimenevässä illassa ja pohjoismaisen loppukesän kaihoisissa utuisissa sumuissa. Sven puhui kuin hänen isänsä olisi voinut puhua, ja Hanne, ikään kuin vaiston varassa, vaikeni ja alkoi kerätä astioita ja tyhjiä kannuja. Hän meni sisälle ja kuului huuhtovan niitä vadissa. Hetken kuluttua hän huusi sisältä.

"No, näyttää siltä, että olet päättänyt tämän. Tämä on vain liian äkillistä, poikani; olen menettänyt niin paljon ja nyt... minun Kalleni, lähdössä luotani! Niin kuin parhaaksi näet, poikani.' Hänen äänensä murtui. "Asiat tulevat olemaan niin hiljaisia, kun olet poissa. Svenkin on työssä poissa..."

Kalle puhui lohduttaakseen häntä. "Äiti, Sven on täällä ja minä palaan kuitenkin. En ole poissa ikuisesti. Pyydän, että palkkani lähetetään sinulle! Minun täytyy lähteä, äiti." Seurasi pitkä hiljaisuus. "Minun täytyy!"

Hanne astui jälleen ulos ja kääntyi poikaansa kohti. "Sall minun siis sanoa tämä nyt, kun minulla on vielä aikaa, Kalle. Se tulee mieleeni kuin viilentävä balsami, ja puhuakseni tästä sinulle nyt ei ehkä koskaan ole oikeampi hetki. En ehkä koskaan enää saa toista mahdollisuutta — kuka tietää, mitä tulevaisuus tuo tullessaan meille, poikani?"

"Lähden parin päivän kuluttua Göteborgiin,... Laivaan..."

"Göteborgiin! Kahden päivän kuluttua! Niin pian, poikani? Miksi kiirehdit? Toinen Svensson lähtee merille ja jättää minut. Ei. Ei! Kalle!" Hänen äitinsä itki.

Kaksi päivää kului nopeasti loppuvalmistelujen ja maatilan töiden parissa. Kalle meni huoneeseensa viimeisenä iltanaan auttaakseen äitiään pakkaamisessa. Hän ottaisi mukaansa isänsä vanhan kuluneen arkun ja olkalaukun. Hän näki äitinsä pakkaavan täsmälleen samalla tavalla kuin Farille. Niin monen lähdön muistot ja vatsassa muljahtelu, jotka olivat seuranneet hänen isänsä hyvästejä, palasivat nyt, haamuna, joka häiritsi.

"On myöhäistä purjehtia nyt, mutta minulle kerrottiin, että kauppalaiva lähtee viikon kuluttua. Englantiin. Se on myöhässä! Se on ruotsalainen. Heidän kapteeninsa etsii hyviä miehiä, ehkä puuseppää. Ja minä olen loistava! Ehkä purjehdin itään. Haluan nähdä sen. Tuon sinulle kultaa ja hopeisen kiinalaisen teerasian! Miltä se kuulostaa?"

"En ole erityisen ihastunut teehen!", Hanne nauroi, vasten tahtoaan.

Hän katsoi poikaa, jota oli rakastanut ja opettanut. Seurannut mieheksi kasvavan. Hän oli ylpeä. Kallen vastaus oli hyväntuulinen. "No, sitten upea pala ihanaa kiinalaista silkkiä. Ja norsunluuta Hollannin Itä-Intiasta. Katso, takan päällä olevassa laatikossa on muutamia riksdalereita. Olen piilottanut ne. Ne ovat sinulle, äiti. Lähetän lisää!" Hän halasi äitiään ja äiti nyökkäsi, nieleskellen, silmät suljettuina.

Viimeisenä iltana Kalle astui ulos myöhään illalla, kun muut nukkuivat. Hän vaelsi latoon tarkistamaan hevosen ja käveli sitten ympäri maatilaa, joka oli rakastanut häntä kuten pappakin oli rakastanut, ja antanut hänen lapsuudelleen sellaisen ilon, rajoittamattoman autuuden ja vallattomuuden, joita kaupunki ja satama eivät koskaan voineet tarjota. Tulevan matkan odotukset olivat huumanneet hänet, mutta nyt, selvin päin, hän alkoi tajuta, että tulisi kaipaamaan tätä kaikkea. Hän ei ollut varautunut siihen. Tunteet irtaantumisesta ja katumuksesta hiipivät sisälle ja valloittivat hänet salakavalasti. Hän päätti kävellä alas järvelle, harkiten viimeistä uintia, ja vilkaisi ylös kesäkuuhun lähestyessään. Kuu hehkui keltaisena ja täytenä ja sen koko iski häneen tavalla, jota hän ei ollut aiemmin kokenut. Se vaikutti tänä yönä läheisemmältä, häiritsevältä, vieraalta; niin suurelta, että se oli uhkaava. Hän tunsi itsensä mitättömäksi tämän ihmeen edessä. Planeettamme valtavuus tuntui heijastuvan, hän ajatteli, tästä pienemmästä kappaleesta, ja hän ihmetteli siksi Maan valtavaa kokoa, joka oli paljon suurempi kuin kuu, ja sen laajoja outoja maita outojen merien äärellä. Epävarmuuden ja tuntemattoman mysteeri painoi nyt raskaana, mutta seikkailun romantiikka kiehtoi.

Hän käveli alas järvelle ja riisuutui, astuen veteen. Kylmä vesi oli aluksi järkyttävää, vieraannuttaen hänen lannealueensa vielä kuivasta vartalostaan. Täysin sisään mentyään kylmät väreet nousivat joka puolelle hänen ihoaan, mutta kylmyys herätti hänet. Hän potkaisi ja ui kauemmas sukeltaakseen ja nousi ylös, ravistellen helmiä hiuksistaan ja parrastaan, kristallisateen sadellessa heijastuneeseen kuunvaloon, ja niiden mukana pudottaen pois kauheiden, pitkien viikkojen väsymyksen. Hän sukelsi ja potkaisi uudelleen, kääntyen selälleen, meloen käsillään pysyäkseen pinnalla ja katsellen avaruuden laajaa tilaa ja tähtiä, jotka pian ohjaisivat häntä ympäri maapalloa. Kuu, hän ajatteli, olisi sama kuu minne tahansa hän menisi. Hän voisi seisoa ja katsoa sitä ja tietää, että se paistaisi myös järven ja maatilan ja hänen äitinsä ja veljensä ylle, kuten se teki tänä yönä. Ajatus toi lohtua, heitti sillan yli laajenevan haavoittuvuuden kuilun, jota hän ei ollut aiemmin kohdannut. Hän puhui hiljaa.

"Itä. Mikä seikkailu! Ja toivottavasti meret ovat runsaita. Herra tietää, Kalle. Sinun täytyy. Tämä tuho...! Taivas on paennut. Kosto oli ja on sinun, ja olet hyväksynyt sen! Olet nyt omillasi, Kalle-poika! Ensimmäistä kertaa elämässäsi olet aivan yksin. Et ole ehkä koskaan tiennyt, mitä se tarkoittaa."

Hän kääntyi ja ui takaisin kaislojen reunustamalle rannalle, venytteli itseään alastomana ja kylmissään, kuivasi itsensä paidallaan, jonka sitten heitti pois. Hän katsoi jälleen taivaalle, uppoutuneena ajatuksiinsa. Toivo taisteli epäilyn kanssa. Hänen nyrkkinsä puristuivat, ja hän puhui itselleen lähes kuiskaten, kiihtyneenä, nyrkit ajoittain pumpaten.

"Olet seurannut sydäntäsi tähän asti, Kalle-poika. Elä teon kanssa! Aivan, se on vaikeinta. Johda itseäsi nyt tai anna toisten johtaa, poika. Totuus on, että tämä runsaus, tämä hyvä onni, jota himoitsee – on taisteltava. Ja sen mukana pitäisi tulla lempeä rauha! Meret eivät väisty vapaaehtoisesti! Mutta nyt se olet sinä, Kalle! Sinä olet Mooses! Tämä on sinun verinen Exodus tehdä se todeksi! Mikään laki ei sitä myönnä! Mutta mies! Tuolla ulkona, mikään laki ei sitä estä!"

APU KIITOLLISESTI VASTAANOTETTU:

Professori Lars-Gunnar Andersson, University of Götebörg, Ruotsi

Fru. Majken Hofmann-Torkeli, Tukholma, Ruotsi

Professori John Ågren, KTH, Tukholma, Ruotsi

Mrs. Salesia N. Ikaniwai, National Archives of Fiji, Suva, Fiji

Mr. Ewan Maidment, Australian National University Archives, Canberra, ACT, Australia

Professor Emeritus Gananath Obeyesekere, Dept. of Anthropology, Princeton University, Princeton, NJ, USA

The Kerrigan Family, Auckland, New Zealand